虚堂集

虚堂集

郭贯贞 著

天津出版传媒集团
百花文艺出版社

图书在版编目（CIP）数据

虚堂集 / 郭贯贞著 . -- 天津 : 百花文艺出版社，2024.3

ISBN 978-7-5306-8786-4

Ⅰ . ①虚… Ⅱ . ①郭… Ⅲ . ①随笔—作品集—中国—当代 Ⅳ . ① I267.1

中国国家版本馆 CIP 数据核字 (2024) 第 054103 号

虚堂集

XUTANG JI

郭贯贞　著

出 版 人：薛印胜

选题策划：郑　爽

责任编辑：沙　爽

封面绘画：郭贯贞

装帧设计：悟阅文化

出版发行：百花文艺出版社

地址：天津市和平区西康路 35 号　**邮编：**300051

电话传真：+86-22-23332651（发行部）

+86-22-23332656（总编室）

+86-22-23332478（邮购部）

网址：http://www.baihuawenyi.com

印刷：三河市华东印刷有限公司

开本：880 毫米 ×1230 毫米　1/32

字数：145 千字

印张：10

版次：2024 年 3 月第 1 版

印次：2024 年 3 月第 1 次印刷

定价：78.00 元

如有印装质量问题，请与三河市华东印刷有限公司联系调换

地址：河北省三河市燕郊冶金路口南马起乏村西

电话：13933936006

邮编：065201

序

李志军

洛阳的几位文友到风穴寺夷园做客。

闲聊中，我问："郭贯贞，你们认识不？"大家面面相觑，都没听说过。我把手机上存的几篇诗文发给他们看。

王小朋说："散淡，醇厚，悠长，有民国大家的范儿。"一位美女说："有的小品，寄禅境于山水，或可追到明（代）。"一位诗人说："诗词格调更高。随手就是，并且不着痕迹。"

"如此高手，怎么不发作品呢？"

"他是懒得写。"

大学时，我在校学生会。有一年全校举办征文大赛，第一名竟被艺术系的郭贯贞拿去了。我颇感意外，让他们系的学生会干部彭西春介绍认识，一下子就成了好友。我过生日，在一起豪饮，他大醉三天才醒来。惺惺相惜，性情相投，当然要结拜兄弟了，他是大哥，还有个三弟尤予西在成都。

大嫂就是《石塘印象》中“外语系那个漂亮的女生”。大哥有一张人人羡慕的“想咋证”（“咋”是个替代词，方言应念 zhua，就是想干啥干啥的意思）。大嫂压根儿不管他，只管自己的宠物。宠物也很别致，是鸡。每只鸡都有名字。叫了一声“凯瑞”，一只芦花大公鸡跑来了；叫声“艾莉”，一只大白母鸡跑来了。养鸡子，气味大。两人约法三章，鸡子不能在客厅书房里游逛。一天他提前回家，看见大嫂一只手打电脑，一只手托了一只老母鸡。两个“女人”呢呢喃喃说着悄悄话。

大嫂终于来访问虚堂——贯贞的工作室，说：“哎哟，字写得不错嘛。”老郭举办画展，她惊讶地说：“你会画画呀！”大哥的眉毛拧到了一块儿：“你忘了上大学我是什么专业了吗？”国学馆的公众号连载郭贯贞的随笔，大半年了，她才看到：“咦！没想到嫁了个作家！”

序

小朋他们笑了：“这样的老婆才能养出这样的老公，这样的老公才能写出这样的文章。”

大哥真的很懒。我帮他制订过无数的写作计划，都在他的太师椅上泡汤了。

除了每年到山里写生和偶尔的访友，他基本上足不出户。把门一关，天天泡在虚堂里，临帖、画画、读书、喝茶。他说这叫相互滋养，于是便“躲进小楼成一统，管他冬夏与春秋”了。

不过，老郭并不寂寞。因为人单纯、真诚，朋友自然就多了。大家也都喜欢那里满是书香而又轻松淡雅的氛围。他甚至装修了一个标间，用来招待远方的客人。

他有两条高压线。一是择友，极挑剔，品行不端者，坚决拒之门外。一是对白马寺的纯净的、无上的情感。有一次，一个同学请他吃饭，开了句僧人的玩笑，他的脸霎时就变了，此生不再相见。他写诗文，从不用曲笔，更没有矫饰，这或许就是文人的风骨吧。

老郭在白马寺做了多年的义工，负责文化艺术这一块。因他的发心，白马寺开办了“佛学研修班”。我只管讲课。他是班主任，杂事全是他的，包括我的吃喝住行。他的体贴、细腻，让我这个向花甲之年飞奔的人，时时享受到做小弟的温馨。

一天早上，他开车出去，还没到大门口，“咚”的一声：“坏了，车掉坑里了！”

哪里有坑？高血压犯了，一头栽到副驾驶位上了。

在医生家的小院子里，石桌上摆着烧鸡、花生米，树上悬着吊瓶，他左手扎着针头，右手高举酒杯，正与丁大夫干得欢呢。

我推门一看，哭笑不得：“老丁，你到底是不是医生？”

老丁眼一瞪：“开玩笑！酒是百药之王。”

朋友问：“血压高不高？”老郭说：“不量不高。”朋友提醒他服药，他说：“喝酒可以降压。”朋友说：“酒后反弹，血压更高。”他笑了：“刚要反弹，酒又到肚里了。”

同为酒中人，门派不一样。我是“战国系”的，平时不喝，一坐上酒桌，如同壮士临阵，划拳行令耍扑克，一番混战，不醉不归。他是“春秋系”的，中午晚上，每顿三两酒，还要有君子之风。大嫂做四菜两汤，我俩碰着喝。刚到兴头就结束了，很不爽。谁让人家是老大呢！

老郭把写诗填词当作了日记，越写越好。

疫情隔离，大家都在凄苦不安。他的这一组诗词，简直绝了。《浣溪沙·困居第三日》：

萝卜青蔬日三餐，粗茶淡饭亦清欢。开心当下便神仙。落叶流红经岁事，风声鹤唳绝尘烟。还期一梦入禅关。

再如《浪淘沙令·困居第五日》：

世事只难言，应景何堪，柴门酒肆掩重关。最是秋风悲老木，缕缕愁烟。独坐莫贪欢，日日清闲，诗心梦里写秋川。腕底风声云带水，处处青山。

随笔是硬逼出来的。国学博览馆的公众号上有个栏目，王澄先生知道贯贞的文笔好，命他一周写一篇文章。先生在前面拉，我在后面推，便有了这本文集。

捧着厚厚的书稿，和在微信上断断续续地读，感觉截然不同。

大哥打开了我的一扇尘封很久很久的小门。时空在穿越，人生在叠加，山川化为琴弦，岁月酿成美酒。我陪着他一起微笑，一起流泪，一起激越，一起旷达。

沿了溪畔的小路逆流而上，在古榕巨大的清樾里穿行。树干上都穿了厚厚的苔衣。藤萝那长长的须，挂地而起。叶缝间不时泻下的光，洒在身上，如金缕玉衣。三里许，便入得仙山佳地。但见青屏半露，云岚全出，四山围合，一水中流。梵呗起于云外，钟磬止于松杪。青竹半隐之处，绿蕉淡抹之间，有青舍一栋。这便是东山寺了。

这样的所在令人神往。

虎子原本是妻子单位机房里值班的猫，同其他员工一样，是有口粮和卫生费的。到我家以后，初时与班班总有点格格不入，好像正式的职工看无业的游民。

这样的文字就耐人寻味了。

不，远不止这些。这是一个心灵的空间。深情的、优雅的字里行间，汩汩流出的是生活，是记忆，是诗意，是画境，是古趣，是幽思，是他和无数的亲人、诗人、高僧、哲人共同营造出来的永远的后花园。

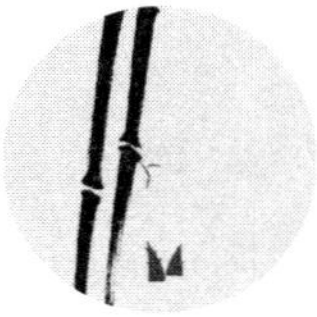

目录

CONTENTS

旧时风物恍如昨

但寄禅心入梦来

人生无处不清欢

梦里庭花次第开

匆匆又过几重山

幸有散发披襟处

旧时风物恍如昨

三十年风驻烟留，大多昔年的风物，也都仅剩下依稀的记忆了。但那些年，那些事，那些人，那些回不去的时光，也一并编织了我平淡的人生，虽不绚烂，但却真实。

童年趣事

我老家的村子，不大，但风水是极好的。北依了邙山，南可望洛水，中州渠就在村子的南面穿街而过。我小的时候，渠还是蛮大的，水也很清，夏日里就成了孩子们的乐园。当然，野泳是很危险的，大人们也看得紧。每每下午上课前，老师总会让男生排了队在操场上，一个一个地用指甲划我们的胳膊，如有白印的，就罚站一节课，有时还会告诉家长，可怕极了。

上育红班时，是在南街我四叔家的前院里，两间房子。后来是做了村里的卫生所了。一年级就搬到了曾是大户人家的春梅姐家。那是个典型的北方四合院，两进深，临街的倒座房是常年锁着的。穿过屏门和垂花门，是个不大的院子，两侧的东西厢房，就住着春梅姐娘儿俩。我们就在上房里上课。后院则较大些，是我们课间时的嬉闹之地。后来，村子的东边盖起了两排的瓦房，有了操场，我们才从春梅姐家搬了出来，有了上学的样子了。

记得篮球架是村里的几个能人用角铁焊的，课桌是水泥板架在两个砖礅之上，凳子各自从家里自带。水泥板的桌面极粗糙，没几天就有同学磨破了衣服。后来就有老师在桌面上统一裱上报纸，再后来就有细心的家长给自己家孩子做了罩袖，再后来家家效仿，就每人都有了，花花绿绿的，甚是好看。

三年级的时候，开始上晚自习了。那时候还没有电灯，都是各家的家长用铁皮卷了灯芯的筒，穿一根棉线做了灯芯，再配上一个空的墨水瓶即可。遇到有风的时候，都各自用作业本的纸卷了套在煤油灯上做灯罩，下课后，便见灯的火龙从学校里游出，而后在村子里的大街小巷里流动，渐次稀疏，渐次灭尽，也是另有一番景致了。

那时候老师也很少，先是张静文老师教语文，后来换了群乐叔。少白哥是最全面的，教我们算术、音乐和体育。听说他还是老偃高的高才生。只是脾气不好，总爱体罚学生，所以我们私下都怕他。他的儿子叫李岳峰，就在我们班。

我们村的周边，有很多的柿子树。课间或周末，总会约了三五好友去摸柿猴。一个人遮了眼睛，其他人分散在树上，摸到谁谁输。为了不让摸着，便尽量往树枝的末梢移，因了柿子树的枝丫较脆弱，往往就有枝断人落的时候。毕竟那时候都小，也没见谁被摔坏的。柿子树在春夏两季，叶子是很茂盛的，果实绿绿的，如翡翠的颜色。到了秋季，叶子渐次稀疏，果实也愈加红润了。再后来，当叶落枝空的时候，总会有几个红如灯笼的，高挂于虬枝之上，做了鸟雀的冬粮。

农村的晚上是极单调的。没有电，当然也没电视，冬天还好些，早早进了被窝里，听爷爷奶奶讲故事。夏天就难耐了。晚饭后便随了大人，挟了凉席去村外的麦场上乘凉，听大人们讲鬼故事，抑或数天上的星星。大人为了不让我们乱跑，总会编了各种的小曲儿来吓我们：“红眼绿鼻子，四只毛蹄子，带着抓抓帽，一脸红血道，拄着铁拐棍儿，光吃小孩儿们。”所以只好依紧了大人睡，连撒尿也要大人陪着。

有月亮的晚上，也总会学了电影里的模样打仗，村东头一伙，村西头一伙，土块乱飞，直到有人被砸得哭了，方才散场，各自回家。有时也会一群的小伙伴聚在一起，玩老鹰捉小鸡的游戏。个子稍高些的做了鸡头，依次往后排列，做了鸡身和鸡尾。扮了老鹰的小朋友要绕过鸡头和鸡身，去抓队列最后的小鸡。一开始，大家就喊起来了：“红公鸡，绿尾巴，扑棱棱，你逮吧。”然后全队都跟了鸡头摆动起来。现在想想，不但有趣，还有些团队协作的精神。

那时候小孩能玩的东西很少，但却也有趣。比如推铁环、摔四角、单腿盘了斗鸡、趴在地上弹弹球。每天都玩得不亦乐乎。比现在的孩子们，不知要快乐几百倍。

都说人老了便喜欢念旧，我虽未及耳顺之年，但小时候那些事，总是历历在目，念念于心。但如果要对女儿和侄子侄女们讲起，他们多是不屑的，也大多是听不进去了。

但我还是非常怀念那些快乐的时光！

己亥冬日于虚堂

温州记忆

1988年毕业时，女友分到了她老家所在的江城——温州师院里教书，我则分回了洛阳。当时年轻，脑子一热，就撕了派遣证，揣了毕业的证明，随女友去了温州。

母亲私下里哭了一回，志军说那是我人生的第一次“后空翻”。我却更喜欢浪漫如仓央嘉措的诗：“曾虑多情损梵行，入山又恐别倾城。世间安得双全法，不负如来不负卿。”

那时候，温州的交通极不发达，没有铁路，也没有机场。海轮泊在望江路的码头，我随了熙攘的人群上岸，也便入了熙攘的车流。自行车是常见的，那种加了篷子的载客人力车，在北方已是少有。如蝗虫般飞动于大街小巷的“菲亚特”，更也成了这江城的独特风景。

从望江路南行二百米，至康乐巷东行数步，便是永东路了。永东路很短，也很窄，说是里巷则更为贴切些。沿街多为商铺，房顶是老旧的，青垣是老旧的，木门板也是老旧的。女友家的房子就在其中。一色的青砖小瓦，有三层高，算是祖产了。1949年后被充公做了公家人的家，后来落实政策才拿回了产权。产权有了，不等于房子有了，要一家家的做工作，一家家的说好话。五年的时间里，才要回了一间二楼的中庭。

许是因为女儿毕业回到他们身边了吧，她父母对我倒也不曾反感，还托了好多的亲戚朋友帮我找工作，并把我安顿在对面表哥家里住。直至我们结了婚，才搬回到女友家的楼里。

温州人的如厕习惯大抵和老上海弄堂里的习惯是相同的，木制的马桶就放在房屋的一角，如厕时拉了布帘遮住即可。街道里的公厕也很是奇葩，墙角是一个一米见方的水泥池子，沿墙是一排的小便池。早上起来，各家的大姑娘小媳妇拿了竹篾的刷子洗着马桶，各家的男人就站在身后，对了墙小解。没有围挡，只靠了自家的身子。

我所就职的单位，是街道办的一家装潢公司。老板是个胖子，姓张，第一次见面就异常的兴奋，说我是他们单位的第一位本科生，只要我愿意屈就，月薪可拿到四百。我当然愿意了，和我同年毕业的同学们才四五十元的月薪。

那时候温州城很小，只有鹿城一个区。公司就在解放南路，一座民国式的旧楼。一层做了商店，二层办公。解放路和五马街的建筑很特别，一式的灰墙黛瓦，造型竟也沿袭了欧美之风。如今都做了保护，也成了这江城的名片了。

谢池巷有家面馆，就在公司的南侧。大排面味厚肉多，肥而不腻。咸菜面则更合我口味。涨桥头那家猪脏粉只在晚上出摊，县前头的鱼丸面却是全天开门的。温州的鱼丸不是圆形的，以鱼肉或海鳗的肉为主料，切成细条，用酒、味精、盐渍片刻，加白淀粉，用手揉透，然后用手指摘入沸水中，上浮便熟。吃的时候连原汤舀入小碗中，加米醋、味精、胡椒粉和葱花，小心翼翼地舀起一勺送入口中，唇齿间便会溢满一股淡淡的鱼鲜味道，用力一嚼，还会发现这“鱼丸”颇有筋道，弹性十足。

陡门头灯盏糕在温州是有名气的，制作工艺却并不复杂，是选用大米、黄豆、面粉为主要原料，黄豆磨成浆，然后加入面粉，辅以萝卜丝为馅料，最后油炸而成，制作出来的灯盏糕色泽金黄，外皮松脆，酥软爽口浓香扑鼻。

粉干是不需要提前用水冲软的，而是直接下锅炒，直至汤料与粉干融为一体，再配上丰富的配菜，起锅的时候香气四溢。当地人常常搭配紫菜汤、豆浆、鱼丸汤等，吃后不干、不腻。

阿巧家的糯米饭，一般是只供早餐的。在糯米饭上放上肉汁、油条末，还有虾皮。配汤多以豆浆为主，甜的加糖，咸的加肉松、虾皮、紫菜和油条。其中味道，不可言说。

温州城里老巷也很多，如信和街、仓桥街、瓦市巷和百里坊。昔年的朔门街，如今还保存完整，依旧保留了散漫慵懒的味道。如是雨中漫步，更觉清冷萧疏，闲淡自然。温州老巷里还保留了许多名人的纪念堂馆，如今大抵都如云消雾散，多半已想不起来了。

江南倦历览，江北旷周旋。
怀新道转迥，寻异景不延。
乱流趋正绝，孤屿媚中川。
云日相辉映，空水共澄鲜。
表灵物莫赏，蕴真谁为传。
想象昆山姿，缅邈区中缘。
始信安期术，得尽养生年。

谢灵运毕竟是当过永嘉的太守，想必对温州是谙熟的。所以他的诗也应该是真实不虚的。

三十年风驻烟留，大多昔年的风物，也都仅剩下依稀的记忆了。但那些年，那些事，那些人，那些回不去的时光，也一并编织了我平淡的人生，虽不绚烂，但却真实。

己亥暮秋于虚堂

看戏

鲁迅昔年随了母亲省亲，平桥村小，看戏是要到邻村的赵庄去的。而且是一群的小朋友驾着船：“两支橹，一支两人，一里一换，有说笑的，有嚷的，夹着潺潺的船头激水的声音，在左右都是碧绿的豆麦田地的河流中，飞一般径向赵庄前进了。”这种景况实在让人羡慕得很。

我从小生长在北方，少水，船都不曾见过，所以这种乐趣也是不曾有过的。但是看戏的经历却很多，只是不与先生相同罢了。

那一年的冬天，我随了母亲去看五里外的外公外婆。

因村子里晚上唱大戏，所以外婆就留了我们多住一日。戏台子就搭在村小学的操场上，花花绿绿地也挂了几层的帏幕。锣鼓开始的时候，我就弃了母亲的手，随了村子里和我同龄的小朋友，爬在台口的边上。那天唱的是《白毛女》，杨白劳一出场，就有人在梯子上往下撒白色的纸屑，像极了下雪的样子。后来黄世仁带了打手来逼债，黄世仁竟是我母亲本家的兄弟、我的七舅扮演的。许是七舅想演得真实些吧，一拐棍打死杨白劳时，竟结结实实打在了“杨白劳”的肩上。“杨白劳”气绝身亡，大幕徐徐拉上，台下响起愤怒的吼声：“打倒黄世仁。”只有我们几个爬在台口的小朋友看得清：大幕拉上以后，“杨白劳”一下从地上跳了起来，和我七舅扭打在了一起。要不是扮演喜儿的女演员把他们拉开，后面的戏就没法演了。这以后的很长时间里，我都不曾理过七舅，觉着他就是个大坏蛋。

我们村子小，也如先生的平桥村，自己是唱不起大戏的。偶尔请了说书的先生来，只好用了拖拉机的后斗做舞台。说书的班子一般也就两三个人，一个在前面打月牙的铜板说唱，一个盲人在侧面里坐着拉弦子，还有个姑娘打杂。有时候姑娘也会替说书的说个小段。那时候没有老段子，大概说的都是英雄人物。如《敌后武工队》《肖飞买药》等。云里雾里，也听得头脑发热了。

邻村的南蔡庄是个大村，村南的空地上有个很大的戏台。台口正中间是个巨大的红五星，红五星的两侧是云卷的三面红旗，东西两边还有对联，现在是记不清了，大抵也是歌颂毛主席、歌颂共产党的。有一年的冬天，由乡里的宣传队演出样板戏《沙家浜》的全本，我就跟了土正、乐哥还有育欢哥一起去看。

初冬的天，黑得很快，但那天的月光是好的。中州渠里的水尚无结冰，夹岸的杨树却是只剩光秃的枝干了。月光如水，洒在路旁初发的麦苗的叶面上，仿佛一地的白色的霜。沿了渠畔崎岖的土径，穿过麦田和村舍，三五里的路程，半个时辰，就到了唱戏的现场。见前面早已是各色的人群，黑压压的，竟遮了大半的舞台。我们就在人群里挤着，到了前面，舞台台口的两侧也已是人满为患。再往后挤，见许多人在树上、在土墙的墙头上坐着。我们就依次上了围墙，骑马式坐好。舞台倒是看见了，但看不清。就好像在冬日的旷野里看前面那一堆的篝火，只见了一群的人围着篝火舞蹈，却看不清人的眉眼。锣鼓的声响也如树梢上流动的风声，一阵紧、一阵疏的。舞台上在咿咿呀呀地唱着，月亮也渐渐西移，我们也分明感到了寒冷，于是就一个个溜下高墙，一路说着笑着回家了。

离开的时候，心里还是不舍的，只是耐不住寒冷了。先生先时也是看到一半就回的，也是恋恋而不舍的。正如他《社戏》里写的："回望戏台在灯火光中，却又如初来未到时候一般，又缥缈得像一座仙山楼阁，满被红霞罩着了。吹到耳边来的又是横笛，很悠扬；我疑心老旦已经进去了，但也不好意思说再回去看。"这种感觉，我当时也是有的。

后来，我二姐嫁给了县剧团的一个唱老生的演员。没事儿的时候，我总喜欢去二姐家小住，当然也是为了看免费的戏吧。姐夫晚上演出时，总带了我去。开戏前的化装、走场、调腔等，都是我先时不曾见过的。当然也会有人在喊："这谁家的孩子，下去下去。"后来去得多了，认识的人多了，也就踏实了些。

那时候就觉得当个演员也挺好的。生旦净末丑，好人坏人，一眼就能看得出来。所以就天天磨姐夫，教我翻跟头，吊嗓子。有一天，我姐夫当了我的面跟他的团长说：“让我弟弟学唱戏怎么样？”团长站了脚，眯眼看了我半天说：“还是上学吧。”当时，我脸红得厉害，觉着是自己长得难看，或眼睛太小了，才没能入团长的法眼。后来才知道，那只是大人们的一个阴谋罢了。

在台上看戏，虽安逸些，但总看不清全貌，也不如先时去邻村看野戏时的乐趣。后来上学、工作、成家，就再不曾看过这样的戏了。

己亥冬日于虚堂

过年

父亲不在的这三四年里，每到过年，都要随了爱人，回她父母所在的城市——温州。

现在的春节是愈发地没有年味儿了，就连先时初一各家的拜年也都省略了，而改成了每年一次的团拜。除了和家人团聚外，就是天天和表兄表弟喝酒，如此直至归期。

我小的时候在北方的农村里长大，年味还是很重的。一般是从腊月二十三起，就进入了过年的模式，直到过了正月十六，才算是出了年关了。

“二十三，祭灶天”，是祭祀灶王爷的日子。这一天，家家都要打祭灶的饼，在灶前祭拜了，然后再分给孩子们吃。吃了一年杂粮的我也终于在期盼了一年后，吃到了纯白面的饼子，那种感觉，幸福死了。

“二十四，扫房子”，吃过早饭，全家动手，去清扫积尘一年的老屋。房梁上、床底下都要细细地扫到。最后还要用废旧的报纸，重新裱糊去岁裱糊过的、早已残破的床帏和顶棚。

“二十七儿，剃精精儿，二十八，剃憨瓜”，毕竟谁也不想当憨瓜的，还有“正月剃头是要死舅舅”的说法。所以腊月二十七，就成了最好的理发的日子。

“二十九，蒸馍煮肉肉”，馍要蒸够正月里吃的，有枣花、花卷，还有豆沙包。放在一个箱子里，吃到正月十九以后，就硬得像石头了。下午，家家的肉煮好出了锅，满大街都是煮肉的香味，我们便快活起来。乐哥、高晓、向争，三五朋友结了伴，各家轮着，去啃那早已被大人剔得干干净净的骨头。大人们总是笑着骂着“饿死鬼”“馋嘴猫”，我们才不管，只是一味地啃下去。

“大年三十儿，贴花门儿”，一大早，母亲就打好了糨糊，烧好了温水。我和二哥负责用温水湿了陈年的残破的旧联，然后用锅铲铲得干净了，再由大哥去贴新写的春联。每次到了这个时候，爷爷总会抄了手，站在二米外的地方指挥着：“高点，低点，上下联看清了再贴。”

三十的晚上是要守岁的。吃罢晚饭，全家人围了火炉坐了，母亲早已盘好了馅儿，和好了面，开始包饺子。我那手不染尘的爷爷，也带了头去包。饺子永远只是一种馅料，那就是萝卜和大肉。加了葱花和姜末，再滴几滴香油，闻起来就觉得好吃。包饺子时，母亲总要放几个一分的硬币，谁吃到了，就预示了来年的福气。

初一的早上，从一阵爆竹声里醒来。寒风从简陋的木门的缝里滑进来，跌落床头，湿冷湿冷的。窗户纸白亮得眩目，知道昨晚上是下雪了。母亲跑过来，嘴里说着“起来了”，手已从双层的被子里，往外掏取那昨晚早已备好的我新年的棉衣。穿好衣服，去给爷爷奶奶拜过年，再给父亲母亲拜了年，收了四张一毛的压岁钱，欢欢喜喜地随了大人，在贴着“郭氏历代宗亲”的牌位前站了，听爷爷喊口号，一起鞠躬拜祖。我总是偷眼看着，牌位前那块四方的胙肉，晶莹透亮的，一双鲜红的筷子插在胙肉的中间，像极了火龙吐出的舌。

吃完饺子，便是自由的时候了。爷爷总会牵了我，踏着雪，从村子的东头到村子的西头，一条街一条街地看别人家新年的春联。先看内容，再看书法，一路走来，一路说，我也只是懵懂地听着，似懂而又非懂的。

那时候家里人口多。每年的春节前，父亲总要买五挂一百头的小鞭炮，一挂初一的早上在自家的院子里放了，一挂是要留待初五上坟时用的，其余的，我们兄弟三个一人一挂。一百头的鞭是不舍得一下子点放的，只好拆开了，放在兜里，一个一个地玩。有一年，去捡别人放鞭时未响的瞎炮玩。蹭灭的香头在兜里复燃了，散炮就在我兜里噼噼啪啪响了起来。幸亏二哥反应快些，一把抓了地上的积雪就塞进了我的兜里，差一点就烧着了。我哭着回家，母亲吓得要命，让我换了旧日的棉裤，看我并没伤到，才放了心，去火笼上烤那浸湿了的棉裤了。老家的风俗是初一不许打骂孩子的，所以那次，我也就逃过了一劫。后来大哥二哥每人又分了一些零散的鞭炮给我，那个年也算过得去了。

最热闹的，应该是正月十五。这一天，邻村的南蔡庄汇聚了全乡的社火，耍狮子、踩高跷、跑旱船等等，从村南一直耍到村北。一街的人就如潮水般涌着，我们一群孩子也被这人的潮水推动着，裹挟着，欢笑着。跑得累了，才会在各种小贩的摊前停了，买了米球，或琉璃咯嘣儿，吃着，吹着，笑着往家走。琉璃咯嘣儿是极难吹的，稍有不慎就会破碎，所以也就很少能有人完好地吹着回家的。

元宵灯会也是极热闹的，特别到了晚上，看灯的，游灯的，还有猜灯谜的。可惜那时候我还小，这种盛况也只从大人的口中听说过，并不曾有亲身的经历。

我曾看过老舍的《过年》，也看过沈从文的《忆湘西过年》，习俗当然都是不同的。但那种心情，大抵是与我相同的。在年味渐淡的今天，回忆，也算是一种对传统的怀念与追思了吧。

庚子仲春于虚堂

家风

我小的时候，家教是很严的。

这是因为我家几辈都曾是读书人的缘故。我的高祖父，也就是我爷爷的爷爷，在光绪年间是中过举人的。报子来家里报喜的时候，他母亲正在织布机上忙活，听了外面锣响，才忙不迭地往邻家乱跑，去借那打发报子的酬钱。我的曾祖父也是文墨俱佳的秀才，后来从戎，在西北绥靖公署里当了一名文员。可惜命短，三十几岁就仙逝了。我爷爷一生虽无功名，也曾在村子里的完小里当过教员。村子里谁家有个红白之事、邻里纠葛，总会找他去主持。也算是一个乡绅了吧。

我记事后，爷爷是不曾下过地的，也没见他自己从锅里盛过一次饭。我家吃饭，第一碗永远是爷爷的，第二碗是奶奶的，以下就没了秩序，谁在家谁吃。但我母亲永远是最后的一个。先时都由我的哥哥姐姐给爷爷端饭，后来我大些时，也常由我来。递碗时必要双手送出，筷子不能插在碗里，态度须恭敬，等等。规矩是极严苛的。

我喜欢陪爷爷吃饭，因为他有特殊的待遇，总是有些我们吃不到的下饭小菜，比如臭豆腐和豆酱之类。但也怕与他同吃，因为吃饭时不能说话，不能出声，一根萝卜丝必得下三口稀饭，还有就是碗里不得有一粒剩饭。现在想想，也未必不是好事。

听我母亲说过，我家上房的棚顶，原来是有许多的藏书和字画的。运动来的时候，家里人害怕，所以每日的半夜里，母亲都会从棚上拢了些，偷偷用包袱背到村外的寨壕里烧掉，差不多烧了一个星期吧。现在想来，真是可惜了。

我从小就跟了爷爷读书认字，大多也只是从床边和顶棚裱糊的报纸上认识的。“毛主席会见西哈努克亲王”“钟山风雨起苍黄，百万雄师过大江”，虽不理解意思，但也能背得滚瓜烂熟了。所以上学时，我就比别家的孩子识字多些。大些的时候，跟爷爷学写字。那时候家里没有字帖，爷爷就自己写了几张颜体的楷书，让我天天临写。什么悬腕、悬肘，什么垂露、悬针，极传统的教法，但也算是个基础吧。

我家的院子窄长。当年祖上分家的时候，临街的房子和两间西厢房分给了我三爷家，后两间西厢房和上房则分给了我家。所以出门进门必要经过三爷的家，穿过窄长的厢房的檐下。那时候年龄小，浑身的力气，每次回家，总要蹦高了去摸那檐下悬挂着的玉米穗子。每次都会遭到爷爷的训斥，说我走路没个走路的样子。后来学会了吹口哨，每次还未等转过厢房的影壁，就能听到爷爷极大声的咳嗽，便吓得息了声，蹑手蹑脚地回家。

其实，家里人最怕的倒不是爷爷，奶奶才是一家之主。奶奶是外乡人，脾气极坏，嘴巴也不肯饶人。母亲总在奶奶的呵斥声里，小心翼翼地操持着家务，照顾着一家的老小，从不敢拂了奶奶的意思。只有我知道，奶奶也是刀子的嘴豆腐的心。她所有好吃的东西，最后也都入了我们的嘴里。但我们还是怕她，怕她手里竹杆铜头的旱烟锅，怕她手指上戴着的翡翠大扳指，打到头上，是极疼极痛的。

初冬的时候，村外柿子树的叶子大抵都落了。奶奶总是天不亮就背了很大的荆篓出门，去拾那满地的黄叶。这也是我最痛苦的季节了，每天都会被母亲从被窝里拎出来，去接奶奶回家。因为奶奶的小脚是不能负重的。清早的风，刺骨的寒冷。奶奶也总是在村口那一地的黄叶里，在那初冬的薄雾里站着等我，像极了一幅油画。

我的爷爷奶奶在家里就是两尊菩萨，是全家人都要敬着的。母亲就可怜了，上有老下有小，父亲又不在家，所以她只能靠自己，没明没夜地在生产队里挣工分。爷爷奶奶她是不敢怠慢的，有了气，便只有往孩子们身上撒。所以，筷子、勺子和巴掌，也就会经常落在我们的身上和头上。后来，父亲从矿上回了家，二姐和大哥也大了些，也能帮母亲了，母亲才多少闲适起来，笑脸也就多了。

在我的记忆里，爷爷永远都坐在他独有的太师椅上，长髯及胸，手不染尘的。但也有特殊的时候。那年，我家新买了邻家的院子，扒了上房的老屋新盖。爷爷竟带了全家人上阵，砸石子，打楼板，搬砖，和水泥。两层的房子落成后，成了村子里第一幢楼房。门楣上那砖雕的“勤能补拙”四个字，就是爷爷亲手所写。后来听父亲说，盖房子连工带料，总共花了二百元钱。

大凡名家，都会有家训传世。如诸葛亮的《诫子书》、包文正的《家训》、袁采的《袁氏世范》和朱柏庐的《朱子家训》，无非是告诫后世子孙安身立命的方法。字面的家训，我家不曾有过，然祖辈的躬身垂范、言行举止，尤胜于所有的说教，至少影响了我这半生的命数。

己亥冬日于虚堂

高考那年

屈指算来，我也行将入耳顺的年龄了。回想以往，总觉得一生最苦涩的阶段，应该是考大学前的那段时光。生活上的苦都是可以将就的，只是心里的压力，才是人生至苦的根本。

我是身负了重任的，既要延续我家“书香门第”的文脉，又要承载“万般皆下品，唯有读书高”的祖训，心里的压力自然大些。但仔细想想，就算是压力山大，然而苦中的乐趣也还是有的。

1981 年我高中毕业，因了该死的数学而名落孙山。于是转攻美术（那时候考美术不用考数学），先是在临潼文化馆跟了李陵和阮班超老师学画，后来听说老家偃师文化馆里的美术教育更好些，于是就转回老家，入偃师四高复读。

偃师四高位于偃师县城北边的新城村里的高冈之上，属黄塬地貌。那时候，晚上我们都去偃师火车站里写生，遇到雨天，路面湿滑湿滑的。回校时便一个拽了一个地爬着前行，往往回到学校，便是一身的泥浆了。

后来，美术班在学校的边上租了一家农户做画室，我和玉堂住进去看门。有一天，玉堂说北面的烈士陵园里种了好多植物，便带我半夜里去偷。那天天黑如墨，没有半点月光，翻进大墙便不顾谁谁的魂灵了，拔了几棵冬青树便又翻墙而逃，总觉得有人在后面追着自己。当晚把树种在租住的院子里时，心里还是跳得厉害。翌日，有同学问其来路，玉堂只轻描淡写地说：磷肥厂里间苗，捡回来的。

谁知说者无心，听者有意。当晚，占宗、少伦和风雷便真的去了磷肥厂。磷肥厂刚刚绿化过，当晚便把他们当偷树苗的贼给擒了，第二天罚他们浇了一天的绿地，并由校长亲自去领了回来。回来时一裤子一鞋的泥巴，我和玉堂只好倒头装睡。

后来，少伦从广州回来，曾亲口告诉过我其中的详情。他说：当年他们被擒了之后，厂保卫科的人问他们是哪个学校的学生，他们要了个小聪明，说是偃师高中的，但名字却报了实名。人家打电话给偃师高中让领导来领人，对方查了名单说查无此人。后来说了实话，我们王校长去时，进门先寒暄着说：“今年产量如何呀，效益好吧？”回头再看看他们几个低眉顺目、一身泥浆的人说：“人我带回去了，放心，一定会严肃处理的。”然而一出厂大门，王校长立刻和颜悦色地说：“饿了吧，家里刚捎来的油条。”说着就要从自行车的车把上取他那黑色的人造革提包。少伦说，当时饿极了，但又觉得自己是犯了严重错误的，几个人谁也没敢去接王校长递过来的油条。

学校食堂位于学校东北角一个土冈之上，吃饭时先要穿过宽大的操场，打了饭便各自蹲在高冈的各个角落，别有一番景致。有一次，有同学打饭时打到了一只小老鼠，便一传十十传百地沸腾起来。同学们把整碗整碗的饭倒在土冈的坡上，以示抗议。饭菜便如滚滚的洪流沿坡而下，形势异常壮观。

我们班主任姓王，是学校邻村里的人，也算是土著了。一口地道的偃师话说得格外亲切，念起课本来，便加了一点普通话的音节进来，就好比炒菜时加了点醋，酸溜溜的，常惹得同学们忍不住哄堂大笑。但王老师却极认真地读着，并不时地把目光从眼镜框的上方射出来，表情滑稽又幽默。

王老师最爱做两件事情，其一就是每当学校教务处要检查学生仪容仪表，王老师必在头天拿了他自备的理发工具，跑到教室里给我们理发；其二是，每到周六下午最后一节课时，他必早早拎了小黑板，密密麻麻写了文言文的段落，说是要给我们加餐。要知道一周的这个时间，同学们都是要各自回家的。虽有不满，但谁也不曾违拗，毕竟考上大学才是每个学生的头等大事。现在想想，我如今古文的底子，全是王老师给的。

我曾经和鲁献去过西安美院里找石景昭老师看过画，回来时路过华山车站，在我二叔家借宿过一晚。谁知鲁献二次去陕，因为没买票而被人从华山站赶下了火车，他便想起我的二叔来，只是苦于不知我二叔的名字，被作为盲流关进了车站南街的地窑院做的收容所里。好在鲁献机灵，给收容所里写板报，给狱友们画像，才在翌日的下午被放了出来。这事我原本是不知的，后来听鲁献说起，分明是受了委屈的，分明有眼泪盈了眼眶，那怪谁呢？只怪那时的联络不畅。

人的一生，总会经历许多的事情，不管是好的坏的、逆的顺的，都只是你人生的局部。忘了的就忘了，能想起来的，就常去想想，也是蛮有意思的事儿了。

庚子冬日于虚堂

搭错车

我这一辈子，搭错车的事情共发生过两次。一次是在1984年的夏天，另一次也是在1984年的夏天。因为那个时段正是美术生专业考试的时候，作为考生，就要不停地穿梭于各院校之间，又因为囊中羞涩，逃票扒车便成了家常便饭。

第一次搭错车，是从河大的考场里出来后，从开封的明伦街向西，沿中山路一路向南步行至火车站，从车站东侧的一处断墙处翻墙而入，只见站台上一列绿皮火车正好停靠，车厢上分明写着“上海—郑州”几个黑体大字。心想，能向西一站离家就近一点吧。于是，几个人便飞一般地挤了上去。谁知，火车一开竟一路向东而去，几个人你看看我，我看看你，都是一脸的蒙。问了同车的乘客，才知道是郑州至上海的。

那天天气本就热，车厢里又闷得难受，只记得汗水竟如流瀑般，一下子就浸透了全身。不知道过了多久，火车终于停了，我们急忙挤着往车下跑，待出了车站才知道，是到了兰考。小时候都学过焦裕禄的故事，兰考也一直是个圣地般的存在。但站前广场那空旷苍凉的境况，还是给我留下了深深的印象，几十年来都挥之不去的。

那是我第一次去兰考，也是仅有的一次。

第二次搭错车，是从郑州的河南省戏校考场里出来，沿花园路向南，从二马路的一个平交道沿铁路直行二百米，即到了站台上。那天天色已晚，也不知等了多久，终于等来了一趟往西的列车。谁知开车后才知道，到偃师不停的，从巩县站下车后，已是精疲力竭。于是打开画夹，铺在站台上就躺下了。夏日的夜晚，风还是凉的，从路基的杂草丛里偶尔传来的虫鸣，如催眠的曲子，不一会儿，我竟也入了梦乡。不知过了多久，听风雷在喊："上车了。"恍惚间见站台上停着一列拉着解放牌卡车的货运列车，正吭哧吭哧准备启动。于是翻身上车，就在两辆卡车中间的缝里躺了，问道："到偃师停吗？"风雷说："肯定停，司机不想让咱坐，说不停。"我也是无语了，然而火车已然徐徐地开动了。果然如司机所言，火车快速穿过了我熟知的偃师车站，停在一个我陌生的小站上。下车看了才知道是关林，于是又扒了辆货车，又一次快速穿过了我所熟知的偃师车站，终于于凌晨的子时，停在了偃师以东十几公里外的那个叫回郭镇的小站上了。

回郭镇车站位于巩义和偃师的交会处，先时也曾归属过偃师，往西便是山化乡的地界了，所以我们就决定徒步走回去。沿了铁路下面那条蜿蜒的乡间的公路走着，偶尔有风从头顶上掠过，路边的白杨树却敏感地发出沙沙的声响。身心俱疲，困意也不时地袭来。时而有夏梦悄然划过，却又被杂草丛里突然蹿出的野兔的声响给惊了，双腿只是在机械地迈动着，魂魄游移，已有一半不在自己的身上了。

恍惚间，听风雷无力地说："不行了，实在走不动了，去我姨家睡会儿吧。"说完，用手指了指路边一片黑沉沉的农舍说："就这里。"于是，我们三人于凌晨二时叩开了风雷姨妈家的门，一觉便睡到了天光大亮。

翌日，乘了风雷姨妈找来的村子里往县城送砖的拖拉机，不多久便回到了偃师文化馆的美术班里。

武老师见了我们便问："咋回来的？"我说："坐专（砖）车。"武老师又问："你们三个昨夜去挖煤了？"我们这才相互看了看，那副狼狈的样子至今我都记得。白色的汗衫已分不清颜色了，鼻孔里、耳孔里还有脖子里，到处都是细细的煤屑，一跺脚，浑身往下直掉煤渣。

前一次的搭错车，同行的人我是实在不记得了。第二次的搭错车，因了半路借宿的缘故，便记得有风雷，另一个是谁却也忘却了。前几日风雷从美国西海岸打电话来，我也曾问起过他，但他显然是比我更加健忘。也许是比我年轻的缘故吧，他还没有到"眼前的事记不住，过去的事忘不了"的年纪。

人生就是这样，谁还没有做错事、搭错车的时候，关键是方向。方向错了，越努力距离目标就越远，方向对了，虽曲折往返，终归是奔了目标去的，终归是会抵近的。

庚子冬日于虚堂

乡间记事

我老家的村子不大，背山面水，风水却是极好的。

环村而筑的黄土寨墙，先时是为了防刀客而修筑的。后来日本人要来的时候，又加固和修葺过。只是在我小的时候，已颓败成几段长满了蒿草的残垣荒境了。先时的寨门，也早已不复存在，只做了茶余饭后村子里老人们口中的闲谈。记忆里承载着童年欢乐的寨墙外的壕沟，倒还依稀有着先时的样子，只是大多处已做了生产队积肥沤粪的坑。荒凉的地方，多也是杂草丛生、坑洼不平的。夏日里雨水多，这里便成了孩子们的乐园，嬉戏打闹，抓鱼逮虾，倒是大有些趣味的。

只是这些野塘荒泊，有个不雅的名字——“破池坑”，总让人有种败落和荒凉的感觉。

冬日里，“破池坑”里的积水，也会结上一层白白亮亮的冰。周边厚些，可用于滑冰嬉闹，中间则薄些，甚至有投石即破的地方。所以每年都会有不慎落水者，而后缩了脖子往家里跑，去承受家长各式各样的责罚了。

但这样的野塘，也有可用的地方。比如清晨或者黄昏的时候，村子里的大姑娘小媳妇们，便会沿着坑边洗衣服，边挥动手中的棒槌在石板上敲打，边说着笑着打趣着。晨时的曦光或暮时的余晖，落在烟树上，落在瓦舍上，落在这一池的凌波间，场面也是极调和的。

采割青麻的季节，新麻被打了捆排列整齐，码入野塘里，上下二至三层。大约一周后，便沤麻成功。表皮的纤维柔和而精致，是做绳子的最好的物料。被扒了皮的青麻只余了洁白光溜的秆身，是做晾晒棉花的箔席的主材。

晒棉花的时节，人们早早地在晒场上支了箔席，摊上厚厚的棉花。待午时，棉花便会膨胀起来。深藏于棉絮里的棉铃虫，禁不起日光的曝晒，纷纷从箔席的缝里漏下，满地都是。有人就会趴在地上，一个一个捏入瓶中，拿回家里炒了吃，味道是极香的。当然也有未及入瓶者，被晒场上乱跑着的鸡欢快地啄了，做了它们午时的美餐。

说到吃，昔年在乡下时，可以入口的东西实在是很多。会飞的蚂蚱，会叫的蝉，是可以烧着吃的；夏日池塘里的青蛙，雨后北坡上漫过的“水牛”则宜炒了吃；从屋檐下摸到的鸟蛋，可以煮了吃。掏鸟蛋是有危险的，因为青蛇也会在房檐下筑巢，所幸的是北方的蛇多无毒，即使被咬了，也只是心里的惊怖，实无生命之虞的。

辛丑初年于虚堂

传承

《河郡伊阙图》的出世，说起来就是个笑话。

那一年，拆除老屋，屋前东墙下的鸡窝，自然是不保的。但当父亲揭开鸡窝顶部的时候，竟发现一卷发黄的、残破的、满是尘垢的纸卷。就在我随手想要抛却的时候，爷爷来了。

爷爷接过纸卷，一言未发地走了。

那一年，我上小学。

爷爷离世的时候，我在外地上中学。回家时，竟没能赶上见爷爷最后一面。后来，我上了大学，在家的时间就愈发少了。已不记得是哪年的暑假，我刚回到家里，父亲就神秘地递给我一卷用报纸包着的东西，说：“在你爷爷床下找到的，是一张画，看看有用不。”我小心地打开外包的报纸，一卷发黄的、残破的、满是尘垢的旧画展露了出来。这不是当年拆鸡窝时差点被我丢却的东西吗！于是，慢慢地展开，慢慢地看去，竟是一张四尺整纸的水墨山水画。只是蒙尘太厚，只记得上跋的字很多，画幅边缘破丝残缕的，还有斑斑点点的不知是苍蝇屎还是老鼠尿似的痕渍。不及细品，便又重新卷好，放在我新做的书柜里了。

大学毕业后，做了设计师，就再没画画了。有一天在郑州和健强兄闲叙，忽然就想起家藏的那幅水墨画来。健强兄说：“下周拿来吧，我认识一个水平挺高的装裱师，特别擅长老字画的修复，说不定还是张名画呢。”名画我倒不敢奢想，只是祖上传下来的东西，倒是应该珍惜才对。所以我便依了健强兄的主意，把画带到了郑州。

取画回来，已是两个月之后的事了。我小心地展开，小心地挂在我虚堂的墙壁之上，而后细细地品赏，慢慢地摩挲起来。此画全然水墨，并无半点丹青，并以散点透视之法，尽揽伊洛山川之形胜。从下而上，有亭台楼阁，水榭汀苇，小桥填其白，云水留其空，松杪点翠起于高岑之上，舟楫穿空行于烟渺之中。津桥柳月隐约可辨，龙门山色依稀有声。

上款大字为："河郡伊阙图跋。"跋曰："雅堂先生，中州名士也，性洒落，闻有佳山水，辄往游时，教读不暇。未骋登揽之怀，索教惠写此图，殆有宗少文卧游之意。与惠同魏柳村登山涉川数日，仅以历览者图之。其伊阙翠云峰，瀍涧津桥，周公庙关林名迹。题以洛阳怀古一绝用答，雅命即希：四面云山向洛城，西风流水送寒声。九朝无限沧桑感，独立津桥看晚晴。"落款："戊子四月上旬笑溪和南稿。"

雅堂者，我高祖父也，名训，字绍兰，号雅堂，光绪年间举人。笑溪者不知何人，然从落款处看，"和南"即为佛家语，有稽首敬礼之意，由此猜测是位僧人。"教惠"虽也查无出处，然从画面落款处"洛释畅斋教惠"不难看出，教惠者，不是释门中人，也必是佛门弟子了。

旧时风物恍如昨

忽然就想起苏东坡与佛印，欧阳修与浮山法远，王安石与蒋山赞元来。有宋一朝，文人与僧侣间诗文相和、水墨相酬之事，已是常态。却不知晚清之时，我家先祖也有好禅之风。这般说来，我今天之佛缘也是有遗传的。常想，能如古人般僧俗相携，纵情山水之间，流连林溪之中，或行吟北陌，抑或放笔南皋，岂不快哉！妙哉！

此后经年，我倒是常常流连于此画的墨韵之中。依了跋中所指，竟也能看出些许的门径来。如周公庙的流檐，瀍涧河的行舟，津桥晓月，关林烟树，以及龙门山色，无不清晰可辨了。

我常陶醉于教惠精熟的水墨里，也常感叹于先人的雅好中。当然，我更感念的是爷爷于乱世里的应对法门，毕竟，传承需要勇气，但更需要智慧。

辛丑秋月于虚堂

老屋

父亲不在的五六年里，老家的老院子，我始终没敢再踏进一步。许是怕钩沉的往事太多，又或是怕思念太重，会乱了我近年来方才平静的心绪。偶尔回乡一次，也只是在大哥家里吃顿饭，短暂停留一下而已。

当年，我们弟兄三个分家的时候，依了父母的意思，老家的院子是归了我的，因为大哥、二哥已然另立了新户。但对我而言，从来也未曾对此有过念想，未曾有过热心，因为，叶落归根只是一个美丽的愿景，真正在人至将老的时候，我真的还能回得去吗？

旧时风物恍如昨

其实，我生命起点的地方，记录我童年忆趣的老屋，并不在现在的老院子里，而在一墙之隔的西院。

记忆里，那院子很长，很窄，临街的房子和并排的两间东厢房属于三奶奶家，而后并排的两间东厢房和后上房才是我们家。所以，我家人进出，必要经过三奶奶家的大门，左拐闪过一个土坯的影壁，穿过四间厢房的廊檐之下。三奶奶家的人要上厕所，也要经过我家厢房的廊檐，穿过上房东侧的过道，去到后院里才行。因了鸡毛蒜皮的小事，便常有些失和的时候，我奶奶和三奶奶间的斗嘴吵架，也就常常发生。所以，每次经过前院时，总是小心翼翼的。

我家的上房，我们叫大屋，坐南朝北，前檐外挑，足有一丈来深，四根不知啥木的柱子，已看不出原本的颜色了。柱础则是一色的鼓形青石的物件，只是唯有一圈乳钉的纹样，并不曾有莲花的图形。进门，是一个半高的橱柜，也不知是哪年的物件了，包浆足有一铜钱的厚度，两扇门打开，有三层的空间，可放碗、盘、碟子，下面有暗格，放一些精细的勺子和过年才用的红色的筷子。橱柜边，是一米多长的案板，案板南头，便是父亲用土坯垒制的炉子了。炉子分两翼，北侧是自制的水罐，可借了炉子的温度，在冬日里常有温水可用；炉子的南侧靠墙，地方稍大点，下面是放煤的池子，上面可坐一人。在冬日里那就是个风水宝地，当然，大部分的时间都是我的专座，谁让我是老小呢。

炉子旁边有个不大的角门，平日里有布帘子隔着，应算是一个套间了。进门左侧是母亲常用的织布的机子，很精美，后来已不知去向。织机旁是一个青砖砌成的粮仓，麦子收割的季节，经过了打场、扬场、晾晒后的小麦，用麻袋装了从麦场上拉回来，再从上面的仓口处倒入。用的时候，下面有个十五厘米左右的口子，只要拉开口子上的挡板，麦子便会自动流出。

大屋最后面支了一张单人的小床，我大哥睡过，二哥睡过，我也睡过。好在朝西还有个窗子，小屋里也不至于太过昏暗。从床头的角柜的暗格里，常能翻出些意外的东西来，比如我太爷戴过的六棱的瓜皮帽子，我爷爷在村里“完小”当老师的执照，奶奶陪嫁的银首饰。当年在我看来，一切都是新奇的。

角门西边，是父亲的床，床上一口白木的棺材，足足占了一半的位置，那是我爷爷的喜棺。床头处是一个红色的大木箱子，应该是我母亲的陪嫁之物了。沿着西墙南北还有一张大床，那便是我母亲和我的睡榻了。

在两张床的夹角处，还有两个黑色的粗瓷的大肚小口的坛子，一个是装柿子泡醋的，一个是腌咸菜的。里面有白萝卜和红萝卜，偶尔也会有些青椒，拿出来切成丝或丁，清脆可口，那是喝稀饭、吃馒头时最好的佐菜了。

老屋空余的地方，并排有两辆纺花的车子，一辆是我奶奶的，一辆是我母亲的。晚饭后，她们总会并排坐了，各自转动车轮纺线。我母亲很神，经常会坐在蒲团上，一手拈了花絮，一手摇着车轮子睡觉，当然睡深的时候，也会停下来，也会遭到奶奶的提醒或责骂。所以说，我小的时候，是伴了纺车的嗡嗡声才能入睡的。

从前，檐下右转有一个窄小的过道通往后院。进得后院迎门便是一棵百年的石榴树，龙干虬枝，细叶流碧。夏日里，石榴花便如朝霞般开得热闹而绚烂。还有一棵枣树，过了七月，青红相间的枣子满枝满枝地挂着，也是极好看的。

20 世纪 70 年代的时候，邻居花姑奶奶家外迁，父亲花五百块买下了她家的院子，后来拆了老屋，拆了院墙，成了一个大点的院子了。一家人住进了东院，原来老屋的地方，只做了闲置的空场。父亲在的时候，常常会种些时令蔬菜，父亲走后，大哥也会偶尔去看看，偶尔也会随便种几畦菜吃。

但如今，童年已逝，双亲不在，老屋也变成荒地了。我也只能在闲暇的余光里，偶尔回首顾盼，偶尔想想罢了。

辛丑年惊蛰于虚堂

中州渠记忆

二十年前，我在洛阳买下了我进城后的第一套房子。位置虽偏些，但南窗下那条汩汩流响的中州渠，还是使我激动了好长的一段时间。

我们老家的村子，也是临近中州渠的。我小的时候，渠水很大，两岸的杨树也很美。夏日里去游泳，没少挨老师的批评和家长的打骂，但每年还是会偷偷地去。洛阳下雨的时候，我们那里的水面就会上涨，水也会变得污浊和浑黄。偶尔会有鸡鸭猪狗的尸骸顺流漂下，这种时候，我们大抵是不敢下水的，一是怕脏，二是怕危险。但我们还是会趴在村南的小桥上看风景，并议论着这漂过的鸡鸭能不能吃的问题。

村东二里，有一个分水的闸门，分水后的支渠变得小了些，沿着蔡庄村的麦田先向南，而后向西。在临近陇海铁路的地方，突然下跌，形成一个三米多高的落差，所以就有了旷野观瀑的景致了，我们称之为“跌水”。水大的时候竟也“飞流直下”，水小的时候亦如“珠帘游丝”。下面的潭水很清，也很深。我们会一个一个排了队，赤条条站在高处往下跳，像极了往沸腾的锅里下饺子。当然也有胆子小的，便只有帮大家看衣服的份儿了。

农村的孩子不比城里的孩子讲究，只把游泳叫作“洑水”。洑水时不着寸缕，一色的光屁股，有村里的妇女路过时，喊一声，便四下散了，有躲进水里的，有遁入草丛中的。

冬天里，渠面上会结成厚厚的冰。我们便相继入了渠道，做滑冰的游戏。有被树枝刮倒的，有被后来者撞飞的，嬉笑怒骂，倒也自在得很。

中州渠北岸，有一条小路，是连接村子与外界的主要通道。夏日里走在上面，有渠畔高大的杨树的清樾做了遮阳的华盖，倒是舒适的。只是遇到雨天，小路就湿滑得难以举步了。只身走时，倒还好些，只是到了大路上要不停地跺脚，以清理鞋上的积泥。如是负了重走，就会有随时滑倒的危险。如是骑了自行车，那就惨了，不消几步，泥巴就会塞实了挡泥板，别说骑了，推着走都很困难。需要时时停了，用树枝去捅轮子与挡泥板间的积泥。所以，也会有人肩扛了车子步行。

有一年的大年初一，村里的小伙伴照例相约着去蔡庄村里看打球。那天阳光还好，渠水也不曾结冰。就有人提议，谁下水游到分水闸处，奖励一元钱。谁知洪收听了，二话没说就脱了个精光。反正我是惊呆了，主动为他拿了衣服往前走。二里的路，我们在路上走，他在水里游，虽说那天天气好，但毕竟也是刚过了立春之日，寒风依旧还是料峭的。

我在偃师复读的时候，常常要走夜路，去首阳山车站坐晚上十点多的火车返校。秋天青稞子很深，走在那条路上，时时要提防庄稼地里窜出的野物。野兔野獾还好，如是遇到狼可咋办。所以，我也弄了一把弹簧的刀子，装在兜里，每次从这条路上走过时，便会一手按了机关在裤兜里，一边装作若无其事的样子走路。有一次，玉米地里忽然传来的响动，惊得我下意识按动了机关，刀子从刀鞘里弹出，一下就刺穿了我的裤子，扎破了我大腿的外侧，疼得我坐在渠边歇了好半天。幸好天黑人稀，无人看见，才免于尴尬。

也就是这条路，承载了村里几代人的希望。我从这条路走到了蔡庄公社，走到了偃师县城，后来走到了洛阳。村子里也有人沿着这条路，走到了北京、深圳和澳洲。当然，这条路早已修成水泥路了，中州渠也在不断美化之中。相信有一天，我童年的艰辛不再重演，但我童年的野趣呢？真的会遗落在这繁华和文明的身后吗？

自从在洛阳买了那套房子以后，便常常想，假以时日，中州渠的水大了，也清了，我必驾轻舟一叶，从我家的南窗之下出发，一路向东，穿过烟柳交织的巷陌，穿过云树翳日的荒塬，嘴里吟唱着“轻舟已过万重山”，最终泊在我老家村南的小桥边上。那该是多么惬意的事情啊。

但愿我的美梦，可以成真！

辛丑正月初一于虚堂

又见中秋

去岁中秋节的前几日，我随了长育等几个人去白马寺喝茶。就在莲舍的宽台之上，几案上早已准备了月饼、石榴、干果等茶点。虽不是月圆之夜，又不曾闻到桂花的馥香，但有了月饼，便让人觉得有了中秋佳节的气氛了。

昨天，大姐从西安打电话来，说中秋节想回老家看看，毕竟她下月月底还是要去三亚过冬的，一去半年，就有了想家的冲动了。我就赶紧去翻日历，才知道今年的中秋节已然也快到了。

中秋拜月，源于古代的秋祀，《礼记》载：“天子春朝日，秋夕月，朝日以朝，夕月以夕。”从拜月而赏月，并以节日定名，应在唐时。欧阳詹在《长安玩月诗序》里说：“八月于秋，季始孟终；十五之夜，又月之中。稽于天道，则寒暑均，取于月数，则蟾魄圆。”宋时，中秋赏月便有了更为浪漫的仪式感：“中秋夜，贵家结饰台榭，民间争占酒楼玩月。”及至明清，仪式感则更为具体些，中秋日“民间以月饼相遗，取团圆之义，是夕，人家有赏月之宴。苏堤之上，联袂踏歌，无异白日”，文人雅士也绝不会缺了这吟唱相和的机会。于是，大量中秋赏月的诗文，便也如浩瀚繁星，抑或恒河沙数般纷纷飘扬开来，从而使中秋佳节赏月和拜月的欢聚陡增了无限的遐思。

如张九龄的“海上生明月，天涯共此时”，孟浩然的“秋空明月悬，光彩露沾湿”，李白的“月下飞天镜，云生结海楼”，以及东坡居士的“暮云收尽溢清寒，银汉无声转玉盘”等，荡气回肠，无不如暑天清露，滋养并浸洇着中国传统文化的浪漫之花，使人沉浸于对明月的期待、对团圆之向往之中了。

忽然想起童年在乡下的光景来。乡下人是不曾有“结饰台榭”或“联袂踏歌”的仪式，更没有“玉颗珊珊下月轮，殿前拾得露华新”的浪漫吟唱，但拜月的习俗却还是有的。爷爷奶奶在的时候，十五晚饭以后，爷爷必带了家人在院子中站了，摆上月饼、石榴还有油炸的糖糕，先拜了月亮，而后将点心、水果分而食之，气氛还是很温馨的。爷爷奶奶走了以后，这种拜月的习惯也就渐渐地淡了，但走亲戚串门子的习惯却是从未曾断过，直至今日。

那时候的乡下，中秋节不叫中秋节，就叫八月十五，走亲戚串门子，也只说是送十五了。

我年纪小的时候，总是随母亲去七八里外的外婆家走亲戚。中秋节前几日的晚上，母亲总忙着蒸馍和炸油条。馍出锅时，我们就拿了竹枝蘸了用指甲花捣成的碎泥，趁热往馍上点红点。第二天，母亲便用那漆了红漆的柳条编织的篮子盛了，然后再放上两斤从集市上买回来的用麻纸包裹的五仁的抑或豆沙的月饼，再盖上一条崭新的毛巾，用胳膊挄着，拉了我一起走。一路走一路还要交代，见了姥姥姥爷怎么说，见了舅舅舅妈怎么说，走着说着，便也到姥姥家了。姥姥见了我们就合不拢嘴了，只是一味地笑着忙着，舅舅却总爱逗我玩，但我还是喜欢去。

年龄稍长些时，便是跟了二哥，去城东的大姑奶奶家串门，走的路上还要拐个弯，顺道去大冢头的二姑奶奶家一趟，一并送了中秋的礼品。反正，中秋节前父亲去买回的几斤月饼，送出去，别人再送回来，不知转了几个圈后，终于在十五的晚上，才入了我们的口。现在想想，那时的月饼虽没有今日的花样，包装也不够精美，但在我看来，味道还是蛮不错的，有红的丝、绿的丝，还有冰糖，咬一口嘎嘣嘎嘣的，甜极了。

我的生日按农历算，是非常好记的，八月十四，也就是中秋节的前一天，巧的是竟和我家大嫂的生日在同一天。父母在时，我总是在八月十四的当天回家，母亲会亲手擀了细长细长的面给我们吃。母亲不在以后，擀面的事就交给了大嫂，她也总能擀出细长细长的面来。前些年父亲不在了，我就和大哥商量，以后的八月十四就各自在家过了。八月十五那天，我会带了爱人回家，请大哥大嫂和所有的侄子侄女们去镇上吃顿饭，也算是一家人的团圆了。

前几日在白马寺里清居，晚上看见松杪之上冰轮半盈，一院的清光就如一泓的秋水，就想起奔月的嫦娥，伐桂的吴刚，还有玉兔，便想起人隔两世的父母亲和二哥来，如果他们还在，那今年的中秋，月亮一定会更圆更亮的。又想起我客居东瀛的女儿，想起我遥分各地的故友们。一时兴起便随了性子，填词一首，也算是一种对中秋佳节的期望，以及对亲人故友的遥思了吧。

满庭芳·秋思

细草愁烟，边花怯露，红墙古道寒林。
掩关尘外，竹径暗千寻。
知是秋高日远，听落叶，天籁清音。
归来去，禅门系马，别院嘱瑶琴。
凭栏松杪月，盈盈有度，切玉分金。
待圆日，与谁桂下同吟。
去岁与君共醉，酒酣处，诗画相斟。
而今却，遥分银汉，寄字表同心。

庚子秋分日于虚堂

但寄禅心入梦来

不远处，风穴寺僧人的晚课也如常开始了。梵呗悠长，经唱悠长。我的眼前虽没了清莲的影子，但却有丝丝缕缕的荷香，随了那断续的梵唱，从窗缝里钻进来，入了我夏夜的清梦里。

风动竹声凉

过了小满，天就一天天地热了。

午后的阳光，从密实的葡萄树的叶缝里漏下，落在方庭那清凉的石桌台面上，就如同铺了一张碎花的布。

我就坐在这一片陆离的光里，悠然地看这一地的流彩。风从竹梢上掠过，疏影婆娑，清冥如幻，心便旷若虚云，了无一丝挂碍。

前日新发的笋芽，今日已一丈有余，再早些时候不经意破土的新竹，已疯长开来，如云箭一支，冲天而去。只是尚无枝条横生，那一身褐色的竹衣和最高处四散的翎羽，在这一丛的老干里犹嫌突兀。竹衣是从下而上脱落的，每片竹衣都包合了一根细细的芽蕾，竹衣褪尽，方露出青翠的竹身。然后那细芽从竹节处横斜舒展，分枝挂叶，成了诗人笔底的风物。千百年来，咏赞未绝。

“竹坞无尘水槛清，相思迢递隔重城”“孤灯寒照雨，湿竹暗浮烟”“竹竿有甘苦，我爱抱苦节”，有相思，有慨叹，亦有抒情。东坡翁一句“宁可食无肉，不可居无竹”，更把竹子推向一个清雅的高度，成为文人内心的一种寄托。

我更喜欢王维“独坐幽篁里，弹琴复长啸”的生活状态，可惜我方庭嫌小，竹林尚浅，也只能“竹树无声或有声，霏霏漠漠散还凝”般隔帘幽思了。

在白马寺东墙外，也有一片竹林，清旷无际。中间是石磨盘铺成的小径。小径幽幽暗暗，直通一清凉小院。小院里池水如镜，蒲草半盈，荷香四溢，竹叶生风，是一个静修之所，也是我心系之地。每每至此，便会默念起常建那首《题破山寺后禅院》。

清晨入古寺，初日照高林。
曲径通幽处，禅房花木深。
山光悦鸟性，潭影空人心。
万籁此都寂，但余钟磬音。

当年，王阳明对竹“格物”，终究没能“致知”。只是后来从佛道入，方于龙场开悟。“理即心，心即理”，正暗合佛家“即心是佛”之道。“郁郁黄花无非般若，青青翠竹皆是法身”。《金刚经》也说：“凡所有相，皆是虚妄。若见诸相非相，即见如来。”我究竟是有漏之身，究竟未能证得无上妙谛。

太阳光渐次暗了，夕阳从庭外巨大的银杏树上直泻而下，便有一缕从窗缝挤进来，正正照在我前日所书的四尺条幅——杨万里的《夏夜追凉》上。

夜热依然午热同，开门小立月明中。

但寄禅心入梦来

竹深树密虫鸣处，时有微凉不是风。

这微凉，不是因了风动竹声，而是一种心境罢了。

己亥仲夏草于如是精舍

止语茶舍

夏天的雨总这么随性，来得快也走得快。经雨后的白马寺，长天如洗，万柯流碧。青石路面上浮雕的莲花，竟然倒映了一树的榴花，如火如荼，似梦似幻。一群白色的鸽子在我面前悠闲地踱着，我也在飘忽无定的梵唱里，悠闲地踱着。一朵白云徘徊于松杪之上，亦如悠闲的我，心无旁骛，淡然恬适。

在白马寺的西北角，原来是一片荒地。有一排三间的青砖老屋，残败破旧，也久无人住了。还有一个高过红墙的水塔，因无了价值，前些年已被拆除。只留了这三间老屋，依然孤独如舟，静静等待属于它的宿命。后来，先是在老屋的四周植了新竹，而后就成了幽深的竹林。那三间老屋，也就隐入了青秘，如同归隐林泉的高士，默然于繁华的身后。

前些年，大和尚想把这里改造成喝茶的道场。于是在老屋的顶部开了天窗，在前檐外加了外廓，修了柴门、石道。虽简陋些，但也禅意十分，野趣十分，并取“止语观心”之意，名曰“止语茶舍”。

止语茶舍不同于一般的喝茶道场：一者免费；二者自助；三者止语。开门伊始，一下就吸引了大批的茶客行脚，此处也成了寺院里又一个修行道场。

入得柴门，你可以自选茶品，绿茶有毛尖、龙井，红茶有祁红、小种，还有福鼎的老白茶。然后用有长长提梁的瓷制或者陶制的壶冲泡，选你喜欢的盏，找喜欢的位置坐了，看书抑或静坐，然后悠然地啜饮，只是不要说话就是。

“止语”本是佛家语，亦是禅家修行的重要法门，特指清净身、口、意三业，是一种高境界的修行。止语，是身、口、意三证合一的境界。

止语茶舍，是修心之所，是无诤之地。这其中，禅家的悲心，便如这夏日的微雨，清凉、滋润、绵远而悠长。

我喜欢在雨后的清润里，独坐于此。选一临窗的几案，泡一壶陈年的寿眉，从半掩的窗棂向外看凌霄的藤，看人来人往，看花渐次开落。衰红如泥，初蕊含羞。偶尔入帘的细碎的叶面上，总也莹莹如玉，苍然若滴。

当法宝阁青灰的墙上开始有了暖色，天光就渐次暗了。此时，游人渐疏。繁华一日的寺院，就如我手中的青盏，淡然而静谧，庄严而清空。

轮回如此时的钟响。

时序如此，花事如此，世事也如此吧！

己亥夏日于如是精舍

古寺观荷

昨天那场雨，虽不算大，但也稀稀落落地下了一天。黄昏时分，疏雨方歇。西墙上竹枝间半露的天上，忽然就燃起了红云，如炉膛新火，炽热而绚烂。少顷，在我方庭屋檐的东面，一道七彩的长虹横空而出，披挂苍穹。这奇异的天象，是要昭示一个晴好的明天吗？

一大早，我便驱车去了东城的古刹。进香完毕，望见长天如洗，云淡风轻，心情也闲适起来。不觉间，便已步出三门。在三门的南侧，是一个不大的放生池，荷塘就在其中。走在荷塘边逼仄的小径上，旭日正升到了齐云塔的中腰。因晴空的缘故，初阳也变得炫目了。我便入了高柳的清樾里，回看一桥中分，玉栏四围；圆荷正举，菡萏新开。所谓“五光徘徊，十色陆离”，不过如此吧！

忽然想起幼时在乡下的日子。在我家南地的最端头，有一个窄长的荷塘，据说是古时官道的一段。一到夏日，便生了满满的清荷。大人们会摘了青青的莲蓬，剥出莲子让我们吃，说是明目的。至于那如梦幻般开合自如的各色的花，大人们是不屑的。只待秋风吹枯了池水，便都争先恐后地挽了裤角，去挖那青泥里的莲藕。

古刹的荷塘不同于乡下的荷塘，少了野趣，却多了几分端庄。荷叶如盖，齐齐向着日出的方向。晨光中莹莹滚动于叶面上的水珠，不知是昨天的雨，还是今晨的露。花是散漫的，在叶缝间悠然地含苞待放，犹如青鬟上的银簪，又如旗杆上飘荡着的红缨。当然也有心急已绚烂如霞或美人迟暮的。这一刻的光景，正合了“接天莲叶无穷碧，映日荷花别样红”的诗境。只是荷塘小了点，也就没有“棹动芙蓉落，船移白鹭飞”的趣味了。

莲花至于佛教，是有特殊意味的。

但寄禅心入梦来

佛教以莲喻佛，是因为它象征了菩萨在生死烦恼中生，而不为生死烦恼所困的般若智慧。所以，佛经中把佛国称为“莲界”，把袈裟称为“莲服”，把和尚行法手印称为“莲蕖华合掌”，还有的把自己修行的地方称为“莲舍”。《无量寿轨》说：是菩萨作是思维，一切有情身中，具有此觉悟之莲花，清净世界不染烦恼。

朱自清因了“这几天心里颇不宁静”，有了荷塘在月色里的静谧，而我是在昨夜奇异的彩虹的感召下，才有了今次的觉悟。心情不同，对物的感知也会不同吧。

忽见本吉师从荷塘的一角飘然而来，笑容可掬。我赶紧合掌，躬身问询。一声“阿弥陀佛”还没有唱完，一袭青衫便已隐入了一片青霭里。

“是谁对雨凭栏，是谁把香曼挎。花之君子，乐水应天。是谁丝竹轻弹，是谁花萼轻拈。施以礼乐，惠以静参。濯清涟而不妖，出淤泥而不染。可远观，不可亵玩。”

忽然有歌声传来，曲调像极了王澄先生新谱的《咏莲》。再回首，一轮红日已过了齐云塔的塔尖了。

己亥夏日于洛阳白马寺

夷园有荷香

抵达夷园时，已是正午时分。

初伏的正午的阳光，竟没有消减这一园的清爽。从风穴寺后山清涧里泄下的清流，从夷园的门口汩汩而过，分明是带了些禅意的。龙山如屏，如夷园的背景。松柏含翠，杂木成荫。白云就挂在树的梢上，如如不动，仿佛是锦屏上的画，淡然而云逸，清明又旷远。在华严堂和隐山堂之间的草坪上，泛着各种颜色的野花，如天上的星星。高柳的影子投在草坪上，影子很短，但高柳上夏蝉的鸣唱，却很长。

但寄禅心入梦来

穿过长廊的石径，拾级而上。在初唐诗人刘希夷的墓前躬身拜谒。不为斯人，但为了那两句千古的绝唱：“年年岁岁花相似，岁岁年年人不同。”

也正因了这两句的绝妙，诗人竟惨遭另一个诗人的闷杀。一个诗才横溢如鲜花般绚烂的生命，永远定格在了 29 岁。

诗魂犹在，诗人留下的佳句，如汝河上泛起的十色的鳞波，浩浩渺渺，千年传唱：“洛阳城东桃李花，飞来飞去落谁家？”“回首渭桥东，遥怜春色同。”“携酒上春台，行歌伴落梅。”也就在千年之后，另一个诗人李志军也入住了夷园。就在这龙山脚下，就在这香火绵远的风穴寺旁边，在唐诗飞扬的松风里，在古大德幽栖宴坐、修行弘法的山坳里，置匡庐，结莲社，创建了风穴书院，讲《金刚经》，讲《易经》，也讲中外古今文学及哲学名著，当然也写诗。

“我居香积寺，种竹又栽莲。日去红墙外，云来绿牖前。观风攀绝壁，漱玉引新泉。偶入山深处，繁星满浩天。”

我喜欢志军诗里生发的朴实，更喜欢他亲手所植的新竹，以及新竹后那一园的清荷。“百荷园”是用了静云师兄所书的行草体，刻在一块不大的未曾雕琢的木板上，就挂在柴扉的额头，适意但不醒目。园子里随意却也用心散落的粗瓷的缸或陶做的罐子里，都长满了大小不一的碧荷了。荷叶田田，不时有白色的或粉色的花盛开其中，倒也菡萸红深，麝脐香满。五色的蝴蝶就忙碌于花叶之间，竟也做了这园子的主人。我们就坐在园中那两棵巨大的松树之下，听志军讲风穴寺的延沼大师，讲刘希夷的悲情，讲莲花的性格，也讲这一园的清风。忽然有清磬传来，才发现月光已从龙山的背后浸洇开来。夷园里各种风物，都渐次地朦胧了，暮色也渐次地朦胧了。

夜宿夷园匡庐中，志军依然在手不释卷地抄写他近日新作的诗句：“泉飞顽石枝头雾，日照幽湖火里莲……”不远处，风穴寺僧人的晚课也如常开始了。梵呗悠长，经唱悠长。我的眼前虽没了清莲的影子，但却有丝丝缕缕的荷香，随了那断续的梵唱，从窗缝里钻进来，入了我夏夜的清梦里。

己亥夏月初伏日于汝州夷园之匡庐

孤屿禅声

台风刚过，太阳就迫不及待地挤破了云层，并高悬于瓯江之上。

虽已是深秋，站在江心屿码头密匝的人群里，还是闷热难耐。北望孤屿，百木拥翠，淡烟若隐；双塔分立于东西，钟鼓盈耳于左右。竟如了扁舟一叶，摇曳于万波之中。

及至登岸，一下便入了如雨如瀑的绿荫里了。江风递送，华盖翳天，倒是清凉了些许。循了江岸的石栏西行数步，见素壁新垣，青檐错落。孤门之上灰黑的“宋文信国公祠”分外醒目。方知是文天祥的配祠。庭院不大，但却幽静深寂。门廊两侧是文信公的简介，环庭三面，竟做了石刻的碑廊。开头便是文信公当年逃亡时，羁留孤屿所写的《北归宿中川寺》诗："万里风霜鬓已丝，飘零回首壮心悲。罗浮山下雪来未，扬子江心月照谁。只谓虎头非贵相，不图羝乳有归期。乘潮一到中川寺，暗读中兴第二碑。"悲愤与无奈、赤心与情怀跃然于诗。正如大门楹联所书："侧身天地成孤注，满目河山寄一舟。"

出门再向西，便是江南名刹江心寺了。据载：江心屿原分东西两岛，双峰对峙，中贯川流。逢潮尽泥淤时，青了禅师便率众抛石，填塞中川，遂建中川寺于其上。后由高宗赵构改"中川寺"为"江心寺"至今。

江心寺的山门不同于别寺，青瓦飞檐，兽俯龙翔。墙面却是一味地用了深黄。山门便是天王殿的殿门了。上檐竖写"天王殿"，中檐横批"江心寺"。楹联更为奇绝："云朝朝朝朝朝朝朝朝散，潮长长长长长长长长消。"相传为宋朝状元公王十朋所撰。千百年来，迷人无数，但能解读者竟不知几人？

穿过门廊，便是圆通殿和三圣殿了。但见房寮密致，错落有声；高树荫于殿后，香烟起于殿前。虽无北方寺院的雕梁画栋，但因用了贵重的柚木，倒也精致无华，庄严朴茂了。

忽然听见云板响起，见三五僧人从边廊间穿行而过，便知是到了行堂的时间了。只是惦记着永嘉举人陈寿宸所撰的联语：“四面烟波，几疑蓬岛移来，金山飞到；一龛香火，剩有蜀僧胜迹，宋跸遗踪。”竟是没有找到，便多少有些怅然了。

出山门右转，穿过西塔的清影，转而向北，便见明湖一湾，青草千顷，风吹柳丝软，船过波纹惊。水面如镜，欢声如歌，倒也一派烂漫，一派平和景象。此时正是涨潮时分，站在东山的岩嘴之上，但见江天一色，水波倒流。潮水拍打着岸脚，如残雪拥户，亦如琼花飘零。此番清舒，此番幽静，竟让人恍若隔世，乐而忘返了。但毕竟已近午天，也该是回家的时候了。

俯在回船的舷窗处，回看孤屿，诗心竟也如此刻的潮汐，起伏难平。随口占五律，以为记之。

船泊江心屿，风清古寺幽。

飞檐朝海阙，双塔望江楼。

寻径开禅悟，闻香疏冕旒。

青灯延岁日，红叶与相酬。

潮起时，海水总会带了泥沙来，所以此时的江面总是浑黄的。潮退时，来自浙西大山里的清流一定会顺江而下的。离船登岸，身前是繁盛华茂的都市红尘，回望彼岸，那里却是钟鸣鸟唱的清凉世界。我虽安身于红尘，心却安放在了彼岸那江心孤屿的禅声里。

己亥深秋于如是精舍

诗意蓝田

初识蓝田，是从李商隐的《锦瑟》里：“沧海月明珠有泪，蓝田日暖玉生烟。”后来读王维的《辋川闲居赠裴秀才迪》：“寒山转苍翠，秋水日潺湲。倚杖柴门外，临风听暮蝉。”才知道，蓝田不但是一个很诗意的名字，也一定是一个很诗意的地方。

因负笈长安时年少，近在咫尺的蓝田，竟无一次亲近，以至这半世的仰望，便一直停留在了那禅意清疏的唐诗里。

今次再回长安，是因了荣乐兄家公子的婚事。酒席间，听别人说起蓝田，说起终南山，说起终南山里修行的高僧隐者，还有香云寺里的印贤法师，忽然就动了与之一晤的闲心。

翌日午后，由志新兄开车，同了海江兄前往。初冬的关中平原，萧疏寂然，黄塬连了黄塬，烟树拢了烟树，迅疾地从车窗外飞过。塬顶偶尔有虬枝曲盘的柿子树上空留的果实，还点缀着秋天的颜色。许是初冬的风景过于单调，又许是中午那二两小酒作祟，恍惚间竟入了梦里，恍惚间自己成了黑色的蝴蝶，就在这寂然的塬上自在地飞着，飞着。梦醒来时，车子已过了蓝田的城区。从峙峪镇转而入山，已是另种景致了。但见山峦奇秀，苍峰独绝；阡陌叠纵，山舍错落。夹山幽谷里，虽无淙淙流响，但也有乌鹊浅唱。苇草半枯间，奇石凸凹，荆木肃杀。三五里，见一古刹背山而坐，虽不大，却也飞檐舒咢，朱漆彩画的，甚是清奇，便知是香云寺所在。停车而往，见山门深闭，蓬草盈户，猜是香客萧疏吧。惆怅间，忽见右边角门却是半掩着的。于是便轻叩柴扉，一黑犬旋即而至，上蹿下跳。正惊骇间，见一老年居士从远处走来，边走边呼：“黑熊。”那叫作黑熊的大犬一下就温顺下来了。与老居士寒暄过后，方知老和尚行山去了，何时归寺也不得而知。让其打电话，居士说：“师父是不带电话的。”失落间，见老居士沿了房后的石阶上了寮房的平顶，对着山林大声喊了起来：“师父——师父——”不觉愕然，这最原始的通信方式，在此时此地，许是最管用的吧。看了时间，三点刚过，便与诸兄商量，待到四时，能否与高僧一晤，一切随了缘分吧。

忽然就想起王维那首《终南别业》来：“中岁颇好道，晚家南山陲。兴来每独往，胜事空自知。行到水穷处，坐看云起时。偶然值林叟，谈笑无还期。”老和尚不会真的遇了“林叟”，而了无还期吧。

踟蹰间，见一袭黄衫从对面的林径间一闪而出，信步而下，跃过溪谷里的青石。虽腋下夹了棉衣，但也健步若飞。若不是海江兄提前告知，真猜不着法师已年近八旬了。合掌问讯毕，老和尚从斋堂里拿出茶具，就在院子里那石桌边坐了。方才问我：“客从哪里来？”我便如实告知：“洛阳白马寺。”老和尚显然有了兴致，说：“在寺院做义工吗？”我答：“对。”老和尚表情突然就严肃了起来：“二十年前，我去看我师伯，曾在白马寺住过的，可惜听说我师伯圆寂之后，寺院就被私人承包了。”我再次愕然了：“这么说，您的师伯一定是海法老和尚了？”他答：“对呀。”我便有些激动了：“您也一定是临济桐柏一脉了？”老和尚显然也激动起来：“对呀。”“海勃老和尚是您？”“师叔。”没想到在这人迹罕至的终南山脚下，在这曲松如盖、禅意如烟的香云寺里，竟遇到了我的同门师伯。于是，我便恭身再起，匍匐而下，向老和尚叩首顶礼。老和尚竟也错愕了。我说：“海勃老和尚是我的师爷，白马寺也从没被人承包过。海法老和尚圆寂后，我的师父上印下乐做了方丈，一直秉持沙门仪规，注重僧才培养，摒弃一切商业渗透，白马寺已是清凉之地，法界标杆了。”我自顾自说着，忽然发现老和尚眼里竟噙满了泪水，嘴里喃喃自语着：“那就好，那就好。”

就这样聊着，不觉天色向晚，师伯非要留我们吃饭。我因和雷东兄有约，晚上要赶到渭南，所以就坚辞而返了。

出得古刹，夕阳正从松杉的叶缝里穿过来，洒在山门前那一畦麦田里。回望终南山，峰峦如黛，岚气初升。印贤师伯还站在香云寺的红墙外，一袭黄袍如风，在我们车后的尘埃里渐次暗淡，渐次微茫了。此景便又使我想起去岁入山修行的师叔印愿法师来，还有那亦诗亦禅的王摩诘。他们一定就在那座山的后面，就在这斜阳残照的终南烟云里吧。

己亥初冬于虚堂

清凉院

白马寺有个清凉台，还有一个清凉院。

清凉台位于寺院礼佛区中轴线的最后一排，属典型的汉代高台建筑，高台四周残破的被风雕雨蚀的老墙，还泛着汉唐的遗光，殿舍却是明清时新葺的。从东西两侧拾级而上，相交处，合而向北，入了那拱形的青砖砌成的小门便是了。清凉台上正面的大殿是毗卢阁，东西两个偏殿就是印度高僧摄摩腾和竺法兰的供祠。院子不大，但那棵千年的圆柏和凌霄相互纠缠了一生一世的巨大的清樾，在夏日里，就尤显无上的清凉。

据传，清凉台在东汉时曾是太子读书的地方。后明帝感梦，遣使求法，得遇高僧后，便由白马驮经而回。汉明帝为表彰白马驮经之功，特敕封此地为“白马寺”。两位高僧也一并被安置在这清凉台上。佛法西来，三宝具足，丛林制度也自此而始了。

清凉院在寺院的东墙以外，原是荣康医院的宿舍。七八年前我曾随了寺院里的师父们去看过的，两排红砖红瓦的尖顶的房子，因了长年的疏空，已略显破旧了些，但房前房后那几排高大的杨树还是直入云汉。前些年，荣康医院搬迁，寺院就把这两排紧邻红墙的房子连地块一起买了下来，并在房子和红墙的间隙里广植了箣竹。再后来，大和尚邀了清华美院的付博士，设计并改造了那两排老房子，从而形成了一个相对独立的小院。因它四周有青竹的环绕，加之又远离寺院景区的繁扰，就凉爽而又安静了许多。所以，大和尚就亲自取名曰“清凉院”，并亲书牌额，高悬于大门左侧的砖墙之上。

清凉院落成以后，一直作为内部接待和文化交流的场所。我也只是在每周一次的佛学研修课时，或每月一次的佛教文化研究会例会的时候，才能去上一次。每一次都同了人来，所以便也只是粗粗地浏览过，从没有认真地翻阅或体悟过这里的精妙之处。

今年初秋，因了我身体的原因，便想到寺院静养一时。一则为回避那些红尘杂事，二则，只是想独自待着，做些自己想做的事情。没想到大和尚慈悲，竟安顿我住进了清凉院里。我诚惶诚恐，不知自己哪里修来的福报。

从古刹东北的角门里出来，一下子便入了那清凉的境界。从北向南，由石磨盘拼砌而成的小径，幽深而静谧，赭色的石盘和青黑色的石子的组合，磨盘便如朵朵莲花，亦如片片荷叶。走上去，不禁会让人联想起“一步一莲花”的诗句来。石径两侧那已疯长数年的青竹的枝叶，自然交合成一道悠长而深邃的穹廊，阳光从密致的叶缝之间洒下来，落在脚下的石盘上，光怪陆离的，顿觉是入了幻境仙班，一时竟恍惚起来了。

清凉院就在那悠长而深邃的石径的尽头。一色的红砖的墙面组成了凹形的门脸，门开两侧，影壁居中，倒也保留了中国传统民俗建筑的符号，尤其是院门两侧伏地而卧的一对石狮子，分明是泛着明清时的冷光。那影壁正中安放着的巨大的莲花状石盆，分明也散发着大唐的气象了。入得庭院，豁然开朗，那巨大的地陷式的池塘，在北方的庭院里倒是少见的，不过碧水一泓，秋苇几丛，那半衰半枯的荷叶和莲底闲游着的几尾虹鳟，便也为这清凉院里平添了几多秋趣。池塘的正中，是一凹陷的平台，平台四周的水中则置灰白色条状的花岗岩，做了与四面连接的踏步。房舍是原有的，连廊却是新修的，主殿也是新修的。从主殿的正门拱手而入，绕到那木质的雕花屏风之后，便可看见，那主座上供奉着的用墨玉雕刻而成的巨大的观音宝像，正以慈悲的目光，注视我等芸芸众生，净瓶端持，也仿佛是随时准备做那普度的喜舍了。

客居于此，心竟也闲淡起来了。每天早上六点起床，沿寺院的围墙绕行至莲社，至桂花林，转而绕行至山门广场，饭后回至清凉院，先为观音菩萨上香，然后就随地坐在池塘中央的平台上看书。看民国清流们的《独白》，看张中行的《禅外说禅》，也看圣严法师的《正信的佛教》，而后再去抄写《金刚经》。累的时候也会画上几笔，画记忆中的苏州名园，也画梦里的太行秋山。黄昏时便徘徊于庭树之下，流连于花亭之前，去寻那清词丽句，回来后再开始依了词牌，于平平仄仄仄平平里去填写那《蝶恋花》，抑或是《满庭芳》的新词。日子就这般平实地过着，没有微澜，没有悸动，所以也就没有大喜大悲了。

我曾作诗数首，随手拈其一，抑可算近日的心得了。

竹影秋声石径长，清凉院里躲清凉。
隔墙寒磬三更月，夹岸荷风半亩霜。
仗笔云山成巨制，漫吟烟树亦诗章。
闲心不惯红尘久，聊把禅房作画堂。

俗话说，心静自然凉。佛家言：“甚深功德，无上清凉。”所谓清凉，就是不受各类欲望的驱动，无所求无所不求；不惊不怖，不抑不张；心安一处，如如不动；终得大自在，入究竟涅槃。这大概才是大和尚命名此院的本意吧。

庚子秋日于白马寺清凉院

秋雨轻寒

一场秋雨一场寒。萧萧飒飒的一场秋雨，从昨天一直下到了今日的午后，终于停息了。出门便觉单衣不耐，轻寒侵怀。我便沿了古寺北墙外的荒径，入了那英英相杂、绵绵成韵的银杏林里。脚下是积年的落叶，走上去蓬蓬松松，湿湿滑滑。偶尔从树梢上滑过的风声，幽幽怨怨，肃杀悲凉。间或有黄叶从长天跌落，也宛若惊鸿，翩然而起，猝然而下。忽然就想起了欧阳修翁的《秋声赋》来：“嗟乎，草木无情，有时飘零……奈何以非金石之质，欲与草木而争荣？念谁为之戕贼，亦何恨乎秋声！”出了银杏林，转而向北。由磨盘砌成的石径的缝里，竟也开着一路各色的百日菊。红的、白的、黄的，还有紫的，却是娇蕊含羞，翠叶带露。前行百米，见曲松两株，茅舍一顶，这便是莲舍了。莲舍筑于去年的冬季，是由原来的旧屋加了茅草的宽顶改造而成的。房间不大，做了两间的茶室。露台却很宽，半入荷塘的一角。荷塘也是新开的，就在一片银杏树与桂花林之间。凭栏四望，南面的银杏树一派金黄；北面的桂花林却还疏雨递洒，清风瀏然。荷塘里莲蓬疏落，苇草半枯。连那前日还莹莹郁郁的园荷的叶面，也都半卷了褐色的裙边。荷花是不见的，只有三五野鸭，或伏卧于浅汀，或栖宿于莲底。“一夜绿荷霜剪破，赚他秋雨不成珠。”这残破的荷塘剩色，也该是这个季节该有的风致吧。

忽然，从茂林修竹的烟霭里飘过一袭黄衫，是妙磊师带了琴师来。我知道大和尚常带了有缘的客人来此喝茶，殊不知这里还是诸法师们清雅的所在。凭空望远，白云纷披，空蒙无界，正如了“阑风伏雨秋纷纷，四海八荒同一云”的意境。身后忽然有琴声随风而起，嘈嘈切切，呜呜咽咽，尤谓是“别有幽愁暗恨生”了。此曲非《广陵散》，谁能得其“纷披灿烂，戈矛纵横”之势？可见，妙磊师所请琴师亦非是等闲之辈了。

夜宿西寮，床前月明如霜。推窗而望，见冰轮盈满，高悬于松杪之上。方才想起：明日应是中秋节了。

忽然想起东坡先生的《阳关曲·中秋月》来：“暮云收尽溢清寒，银汉无声转玉盘。此生此夜不长好，明月明年何处看。”

今年的中秋，是在这千年的白马古寺，明年的中秋，我又会寄身何处呢？

己亥中秋节前一日于如是精舍

初雪

今年的头场雪，虽然来得晚了些，但究竟还是来了。早上出门，便见云天暗淡，混然不明。雪片竟也如了春日的柳絮，抑或如杨花，稀疏地飘飞着，漫舞着。空气清冷洇寒，雪花落下来，地面上竟无丝毫痕迹，亦无半点声响。

午后，雪渐渐大了，也渐渐急了些。我便随了晓辉和长育兄，如约去了白马古寺，去了古寺北陌寒林里半隐着的莲舍里。

大和尚早已烧好了地垄的火，煮了陈年的上好的寿眉在等我们。莲舍里茶香四溢，檀香四溢，温暖也如春日的景致。窗外的荷塘里却是一派萧疏。池水半枯，苇草败落，远处的银杏和杨树早已无半片剩叶了，空枝朝天，漠然于清冽的风里，竟无半点晃动。中秋时见过的那三五野鸭，依旧是秋日的心情，依旧悠闲地踱着步子，悠闲地漫步于浅塘草底，全然未知这数九的寒天。

雪是愈下愈大了，如六花纷披，亦如银粟弥天。荷塘野径外那一丛青竹的叶面上，已风刀切玉，素手雕银，正如了薛昂夫“天仙碧玉琼瑶，点点扬花，片片鹅毛”的景色。忽然就想起先时雪天的事来，不觉独自出屋，独自沿了悠长的石径，入了那幽深的旷野之中。

我老家小学的门口，有一个不算太大的土坡。每到雪天，便湿滑难行了。也不知是谁的家长，索性就泼了水，做成了冰道。上学时就轮番地从冰道上滑下。水平好的，是站着用双脚滑下的，水平差的，只好坐着滑。也有滑行中间摔了脚而翻滚着滑下的。总之，高兴得不得了。课间的时候，老师就会带着我们去堆雪人。雪人堆得不像人，就用纸写了某人的名字贴上。一群男生就围成圈子一起往雪人上撒尿，或用红缨枪对着雪人练刺杀。那时候，红缨枪是人人都有的，大多是用白木的杆子，在一头削了枪头的样子，枪头和枪杆之间，用染成红色的麻丝绑了。放学以后，便一群一群地在操场上滚雪球，或打雪仗。直到天快黑的时候，有家长开始扯了嗓子喊自家孩子的名字，其他的孩子才会四散了，各自回家。

还有一件雪天的事，我终生都不会忘记。那时候，我在河南大学的美术系里读书。那一年雪下得特别大，我便全副武装了防寒的棉衣、棉裤、棉鞋、棉帽子和棉手套，背了画夹，去学校东门的老城墙上画水彩的冬景。谁知气温太低，一笔水彩画上去，即刻就会结了薄薄的冰花。待画完后背了一纸的冰花回到宿舍，冰花就开始融化了。那张本是无意的风景画，因了冻结和融化的过程，竟也变得梦幻奇丽、绚烂无比了。

雪还在下着，不紧不慢，不徐不疾。一时间松雪飘寒，岭云吹冻，远处的麦田和近处的桂花林，分明都如“霓节飞琼，鸾驾弄玉，杳隔平云弱水”的世界了。忽然，在野径外杂芜的衰草之间，一株蜡梅的干枝之上，竟也半含了嫩黄的苞蕾，点点含羞，片片分愁，却也清孤冷艳，傲骨凛然。忽然就有了踏雪寻梅的况味，忽然就有了诗兴。

纷披银粟出，迟暮送春来。
玉剪松声落，风摧竹影哀。
分杯新试火，踏雪独登台。
忽见疏篱下，梅花一树开。

倏然而返，待回到莲舍时，屋子里却是炉火正旺，谈兴正浓，茶味也正浓。

己亥岁末于虚堂

秋来方庭

偶得一老屋，青砖红瓦，残壁木梁。虽旧些，但有个院子。院子虽小，然能上承天露，下接地气，毕竟是好的。在繁华都市，毕竟能让我日沐一树阳光，夜伴一庭蛩唱。何陋之有？

我为这小小的院落起名“方庭”，寓意“方寸庭院”。

于是，便常常在午后的秋里，邀三五知己，或烹茶论道，共话禅机；或煮酒吟风，同构诗趣。抑或在黄昏里独处，听叶落的声音，期待圆月高悬时，葡萄架下遗漏的清冷。

但寄禅心入梦来

我喜欢在有雨的时候独坐帘后，看雨珠成串，砸落青阶后溅起的水花。也喜欢隔窗听取雨打丛竹，滴滴答答的声响，宛如子时的古刹，偶尔有寒磬穿林而过，落在你飞扬的梦里，平实而沉稳。一切的妄念都会在这一刻崩塌。随之而来的，便只有那无边的孤独。孤独，是一种状态，也是一种境界。我喜欢孤独里滋生的恬静，恬静中派生的正定。正如佛家所言，一切智慧，从定而生。竹子是新植的，但也芃然如篁了。地面是旧有的，依然斑驳苍凉。从砖缝里挤出的小草，却在不经意中疯长起来。还有那半壁青藤，攀缘而上的生命，却都将在明日的寒风中凋零，陨落，如生命之轮回。《金刚经》言：“一切有为法，如梦幻泡影，如露亦如电，应作如是观。”安身红尘，喧嚣如常。只要我轻掩了方庭的门，一切的繁华与虚妄便被阻隔于一墙的凌霄，灵魂便有了安放之处。偶尔，也会有钟声隔空传来，隐隐约约，悲悲凉凉。仿佛是秋声，又仿佛是春雷。

丁酉秋月于如是精舍

花事了了

花事了了，春天也行将入暮了。

都因了这场雨，一城的喧嚣戛然而止。“唯有牡丹真国色，花开时节动京城”的繁盛与“疑是洛川神女作，千娇万态破朝霞”的芳华，一并陨落于晨钟暮鼓。春梦方醒，一切都归于平静。

沿古刹光滑的石径萦纡而过，游客渐少。那一圃的新绿，经雨后愈显得枝肥叶茂。间或有零星的杂色的花，颤抖于暮时的风中，唯唯诺诺。偶尔有一两朵凋落，也做了脚下之泥了。红粉如泥，也如胭脂的泪。

我无法体会林黛玉内心的纤弱。“试看春残花渐落，便是红颜老死时”“花谢花飞花满天，红消香断有谁怜”，这是何等的孤独与悲悯。花如斯，人亦如斯。“未若锦囊收艳骨，一抔净土掩风流”，说的是花，指的是人。

“夜来风雨声，花落知多少”，是孟浩然的无奈；“寂寂春将晚，欣欣物自私”，是杜甫的旷达；“红粉暗随流水去，园林渐觉清阴密”，又何尝不是辛弃疾对时序流转的慨叹呢。

转出山门，经日扑面的飞絮似乎少了些。柳绦如丝，却多了些许的新芽。荷塘里，渐次露出稀疏的尖角，有的也圆荷半成了。燕子穿行于柳绦与蓝天之间，也便穿行于清澈的荷塘。夕阳西下，犹悬于角楼的飞檐之上，红墙便如同镀了层淡淡的光。

好在，绿肥红瘦。这一切的落寞之后，便是那无边的生机了。

忽然，听云板响起。古寺便归了往日的空寂。

归来无眠，口占五律以记，为花逝，也为春伤。

一城花事尽，古寺复清空。
柳眼开新樾，青烟系远鸿。
钟鸣云干外，诗起大墙东。
无奈三更雨，愁思满落红。

己亥暮春于如是精舍

古刹清流

1989年夏季，我从温州回洛阳探亲，第一站竟是去了汝州。那时候汝州刚撤县设市，志军也已经在政府里做公家人了。晚上喝酒，照例如先时在大学里的光景。我说："毕业分手时，你的哭相太难看了。"他说："本以为千里之隔，万里之遥，相见已是无期了，谁知你没出息，才一年就回来了。"我们就笑，然后喝酒，然后再笑，再喝，直到烂醉如泥。

翌日午时，骑了学军新买的本田摩托车，去了城北的风穴寺。

风穴寺就处在一个山坳里，背靠龙山。山门不大，大殿和砖塔却很古朴。沿路的两边或蹲或坐着各式的商贩。

大约是在1994年的前后，我曾和建民、曦晓三家同来过风穴寺。照例是由志军陪着，在寺院后面的亭子里陪孩子们玩耍。那一年我女儿三岁，建民家的丹阳也三岁，在那高岩流瀑、溪水潺湲、青竹送凉、松杪生烟的景致里，竟都一天未曾哭闹。

近些年，风穴寺我倒是常去，但每次都陪了新的朋友，如诗画相酬的同道，方外求法的同修。虽每次都只如走马观花，但对于古寺，我却也略略有知了。

去岁中秋，志军在夷园里办诗会，去了不少的文人诗客。我本来生性散淡，又不喜与生人交际。那日的黄昏，便独自入了龙山，入了那烟火弥天、钟磬时隐的寺院里。

秋日的风已有了些许凉意，白云如絮，就停在葱郁苍然的龙山的山顶之上。澄碧长天之下，弥空松杪之间，塔影高矗，殿角若飞。檐铎也随了风动而响，溪声是因了梵音而清。循了溪声，沿青砖的小径转山而过，便是昔年曾来过的青岩流瀑的所在。如今水是小了，但潺潺湲湲，也从未断流。涟漪亭依旧泊在清潭的右岸，从龙山里渗出的水，还依旧在亭子地面的青石上，书写着草体的“寿”字。

草木依旧，秋山如昨。忽想起王维的《过香积寺》来：“不知香积寺，数里入云峰。古木无人径，深山何处钟。泉声咽危石，日色冷青松。薄暮空潭曲，安禅制毒龙。”风穴寺也曾叫过香积寺，王维当年这首诗写于此或写于彼，如今已是无法考证了。但所写景致却是与此处的风物十分贴切。

沿窄陡的石磴攀缘而上，望州亭高入云端。凭栏四望，北山层叠，木叶连翠；南水浩渺，云烟空蒙。汝州城郭，隐隐如在海市蜃楼里一般。俯瞰古刹，栉比鳞次，瓴檐四出，参差楼榭，错落方庭，竟无半点尘俗之气。恍惚之间，不觉已天光暗淡，夕阳半沉了。龙山竟如金镀般光亮起来。钟楼，方塔，连同这一院的清幽，都一同入了这余晖的暖色的调子里。

忽听打板声起，知是该关门清客的时候了。辗转而返，已是晚饭时分。

是夜客宿匡庐，和延悟师茶叙。聊风穴寺开山宗师，聊风穴寺寺名的变迁，也聊白马寺如秀和尚与风穴寺的一世因缘。夜阑如寂，暮鼓如风。写五律一首，推敲斟酌，竟至天光初透、晨钟兀起的时分。

云自山中来，香积宝刹深。
风摇铁马动，月落夜虫吟。
岩壁息流响，寒钟枕翠岑。
高台凭独卧，唱啸对长林。

其实，喜欢一个地方是不需要理由的。一棵树，一片云，抑或一个人。比如风穴寺里的龙泉，匡庐里的书声，还有那古寺里的晨钟暮鼓，都做了这浊世里的汩汩清流。激尘扬波，千年不休。

己亥立冬于虚堂

春祭

居家隔离两个多月，虚幻得恍如身在梦里，时序的更替，季节的潜移，竟也浑然无了感觉。这几日天气明显晴好，午时的阳光透过阳台上那密匝的凤尾竹的叶片，懒懒地洒在我稍显零乱的书案上，暖暖的，润润的。凭窗而立，我就站在这暖暖的润润的光里，看窗外杨柳飞絮，桐花初开；看街巷里渐次增多的车辆，以及那一天高悬着的同样慵懒着的祥云，才知道，春分已过，该是清明时节了。

“清明时节雨纷纷，路上行人欲断魂……”想起清明，便想起杜牧的诗，想起年年初春时上坟祭祖的光景来。

我老家的春祭，不在清明，而在春节后的初五或初六日，依各家情况来定，但一定是要在立春之后的。今年立春晚些，所以春祭拖到了元宵节的前日。头一天，大哥打电话来，说疫情防控得紧，让我们就不要回去了。至于清明节上坟，在我们老家却是不曾有过的，毕竟十里不同俗嘛。而小时候跟母亲去姥姥家上坟，都在农历的正月初九，因为那一天是姥姥他们村子里集市开埠的日子。

在农村，春祭是一件神圣而隆重的大事。头一天晚上，先煮好了上供所需的胙肉，准备好其他的祭品，便一家人围坐了，去叠那象征财富的帛纸。第二天早早地吃了饭，专等那嫁到外村的姑娘们回来。我大姐二姐嫁得远，不曾专为了上坟回来过，但这几年几个侄女也都相继出嫁了，所以便要等她们。上坟一定要人多了才好，这是告诉先人们家门人丁兴旺的意思。等人到齐以后，才约了全部的本家，各自拿了祭品、鞭炮，扛了铁锨，浩浩荡荡往北邙的山上进发。那一天，北邙的坡地里便喧嚣起来，尘土也便飞扬起来。香火连了香火，炮声接了炮声，热闹极了。

我小的时候，是由爷爷领着去的，后来变成了父亲，现在是由大哥带领了。一般来说，是先和本家一起去上老坟，而后各自散了，去上自家的坟。先要清理了坟上的杂草，而后培了新土，依次摆了供品，由大哥拈香三支，引燃了插在新垄的土里，而后点帛纸、冥币，再由大哥领头喊号，行三叩大礼，最后便开始放鞭炮和烟花等。

前几年，村子里几个有心的叔辈开始张罗起郭氏宗祖的祭祀来。每年的正月初五，所有郭姓村民全都聚集在村西的高崖上，按辈分划队而立，在主持人的统一安排下，由辈分最高的年长者（族长）领祭。上香、行礼、鸣炮，庄严而且肃穆。可惜没能坚持几年，如今便由各门各支轮替代行了。

去年的清明节，忽然有了上坟的冲动。于是打电话给大哥，大哥说："不合规矩呀，春节上过了，不能重复上的。"我坚持说，我就想上山看看，给父母说说话。大哥也就答应了，并说要陪我去。

那一天，天色昏暗，灰蒙蒙的竟无一点生机。我早早起了床，从城里出发，回我三十公里外的老家。路过村口的商店时，专门去买了鞭炮和烟花。路上又接到大哥的电话，说他孙子在学校摔了胳膊，他急着去处理，就不陪我上山了。我说了几句安慰的话，便独自往村北邙山的土径而去。

暮春之初的山野，本应是春和景明的，只因了这阴郁的天气，春山便失去了应有的颜色。山风寒寂，烟树暝然；青绿的麦苗和鹅黄的油菜花纵横交织，总算是有了春日的景致了。山路很窄，荆柯和野草却又侵占了半边。草丛里间或开着的各色野花，竟如一天的繁星，忽然明亮起来了。路边杨花飞舞，身后却是黄尘弥了天际。

在父母的坟前坐定，心里竟怅然若空了。想起父母在世时的情景，想起他们的音容笑貌，不禁悲心陡起，双眼竟也潮润起来了。

天依旧阴沉得吓人，山风就在一地的黄蒿间流动着。凭高远眺，南浦缥缈，烟村隐现，鸡鸣犬吠之间，老屋犹在，纵横阡陌之上，我生命中曾存在过的先祖双亲，也一定永存了。

“南北山头多墓田，清明祭扫各纷然。纸灰飞作白蝴蝶，泪血染成红杜鹃。”宋代高翥的这首诗，倒是合了此情此景，合了我此刻的心绪了。

怅然而起，对着祖父母、父母和二哥的坟茔，叩首三拜之后，便开始点燃我高挂荆枝上的鞭炮了。真愿这烟花的炸响，能在这寂寥的空山里为我仙逝的亲人们带去一点欢乐！

我就要收拾行囊了，毕竟今年的春祭因了疫情的防控，是误了期的。我决定要在清明的时候回家，不为别的，只为能亲口告知我远在天堂的亲人们：疫情得控，我们都挺好，孩子们也挺好的！

庚子暮春于虚堂

人生无处不清欢

我只煮一壶上好的寿眉，看爱人采摘于篱下，听邻家犬吠于短垣，然后濡墨陈宣，画鸡的画，写花的诗，这其中的况味，岂不美哉！悠哉！便是陶翁在世，亦不过如此吧。

猫事

我家有两只猫，一只黑的，一只黄的。黑的叫班班，黄的叫球球。

那时候我女儿正上初中，正是叛逆的年龄。忽一日，女儿放学就抱了班班回来，说是买的。班班应该是足月的样子吧，乌黑乌黑的，黄色的眼珠里却透着蓝色的冷光。我虽然不喜欢在家里养各种小宠物，但又不想拂了女儿的一片爱心。仅月余，女儿又抱回只黄色的小猫，应该是还未足月吧，说叫球球，给班班做伴的。看着女儿妻子与班班球球开心地玩耍，我还能说什么呢？忽然想起前几年妻子养鸡的事来，心里便不免紧张起来了。

那时候妻子还在温州师院里教书。暑假的时候，便在自家三楼的平台上养了三只鸡雏。她最喜欢那个叫“大白”的公鸡。当“大白”长到一捧大的时候，忽一日就死于邻家的鼠夹之下。妻子哭了三天。从此我家便与鸡肉绝缘了。

于是我细细地起草了一份《宠物饲养保证书来》，逼我妻子和女儿签字。保证书的细节如今是不大记得了，但有一条却记得清楚。大意是：生命无常，生死由天，一不得玩物丧志，二不可随物喜悲。

初时，班班就格外强势，球球则胆小些。每次进食，班班总是先吃先占，只有玩耍嬉闹时才不分强弱。

一岁时，我带了它们去做绝育手术，是为了免却叫春之苦。那天，它们哭得格外凄惨，格外无助。从此，我家的大门便成了它们不愿逾越的雷池，至死，也未曾踏越过一步。

宋代人尤喜与猫共处，他们把接猫回家当成大事。“聘礼”虽无须珍珠翡翠，但鱼和盐却是必需的。陈郁

《得狸奴》言："穿鱼新聘一衔蝉，人说狸花最值钱。旧日畜来多不捕，于今得此始安眠。牡丹影晨嬉成画，薄荷香中醉欲颠。却是能知在从息，有声堪恨复堪怜。"相比，刘仲尹就闲适得多："好诗读罢倚团蒲，唧唧铜瓶沸地炉。天气稍寒吾不出，氍毹分坐与狸奴。"

球球是在它八岁的那年冬天走的。那一年，女儿已在东京上了大二，所以就没敢告知她。转年开春，妻子单位那个叫作"虎子"的花色的猫下岗了。妻子抱了它回家，说没人愿意养，总不能弃了，就让它和班班做个伴吧。我虽无语，也算是默认了。

虎子原本是妻子单位机房里值班的猫，同其他员工一样，是有口粮和卫生费的。到我家以后，初时与班班总有点格格不入，好像正式的职工看无业的游民。时间久了，倒也有玩有闹了。

我最喜欢一种感觉，每次回家，它俩总在门里等着，待我换了拖鞋进屋，它们便一边一个把头放在我的脚上，走一步跟一步。还有就是早晨起来时，它们必在我卧室的门外蹲着，听见门响，便一起拉了我的裤脚，迅速跑向进食的地方。如此往复几次，直到给它们新添了猫粮，方才罢休。

忽然有一段时间，虎子总在半夜里对窗嚎叫，有时一个小时，有时更长些。终于发现，每次虎子哀嚎时，总会有一只花色的狸猫，匍匐于窗台的外面。于是，我只能把窗帘严密地拉下，从此还真的消歇了。然而慢慢地发觉，虎子的食欲愈来愈差，精神也一天不如一天。终于在今岁的第一场秋雨里，无疾而终了。

我无法断定它是因了什么，也无法断定日日在窗外守候的狸猫，是它的亲人还是恋人。但我宁可相信，虎子一定是因为爱，才殉情的。

虎子走了以后，班班就不那么好动了。不知道十一年猫龄，应该是古稀还是耄耋，但它毕竟是老了，毕竟也会走的。正如花的开落，人的生、老、病、死，轮回有序，生命无常。

己亥仲秋于虚堂

剃头

河南豫剧有个著名的唱段，叫《马二牛剃头》，调子很美，词也写得实在：“谁人不知我马二牛，十三岁上学剃头……”大一那年，在新生军训结束后的联欢会上，我就唱了一回。没想到从此就落了一个绰号：“二牛”。到现在走在街上，忽然听谁喊一声“二牛”，不用回头就知道，一定是大学时的同学了。

早些年，剃头匠是被人看不起的。“一流戏子二流推，三流王八四流龟，五剃头，六擦背，七娼八盗九吹灰”。在下九流的排序里，也只占到第五的位置。在乡下，剃头的匠人挑了剃头的挑子，游街串巷地吆喝。这种场面，我小的时候也是见过的。剃头的挑子很有意思，热的一头是个小火炉，火炉下面有三条腿，可以站在地上，其中一条腿向上延伸成旗杆，旗杆上挂着长条形的磨刀的布和毛巾，火炉上放置一个黄铜的洗脸盆。盆里的水总是热的，随时可以供顾客洗头和洗脸。另外的一头是个长方形的板凳，一是供顾客坐，二是在板凳腿的中间做有两个或三个小抽屉，抽屉里放着理发的工具，如剃刀、推子、剪子、梳子、篦子、围裙、香皂和雪花膏等。有人来剃头的时候，先在凳子上坐了，匠人拿出热毛巾将客人的脸焐热，等到胡子被毛巾焐软，便开始刮头、刮脸、掏耳朵，一气呵成。如此这般，客人便觉身心愉悦，很是放松。因了这一头凉一头热的剃头的挑子，所以民间形容“一厢情愿”的时候，就有了“剃头挑子一头热”的说法。

很可惜，这种场景很快就从生活中消失了。剃头铺被各式发廊和美发厅所替代，剃头匠也被理发师所替代了。至于先时的场景，也只有在民俗的画里，从记忆的幽谷里，多少还能寻找到一些残存的影子，恍若隔世，却记忆犹新。

我大姐参加工作后，被分到了铁路局机关的理发室里做了理发师。每次回老家，她总要把我们兄弟三人拢在一起，在我们的头上练手，后来就成了我们的福利了。毕竟是专业的，我就再没有因推子夹了头发而哇哇地哭过。

记得我是从学画画开始，就不爱剃头了。有一次要转学到四高，班主任王建章老师领了我去见石校长，石校长只说了一句话："把头发理短了，明天来上课吧。"

那时候的中学里，对学生们的仪表要求是很严的，长头发和喇叭裤就成了被整治的对象。所以教务处会不定时地在早操集合的时候，进行突击检查。每次要检查的头一天下午，王老师总会在最后一节课的课后，拿了理发的工具，笑眯眯地来找我："头发该理了吧。"所以我也就从来不曾被当成众人的典型。对于王老师，我除了感激之外，更多的应该是佩服。我觉得他很神，要不他是能掐会算的，要不就是在学校的高层里，一定有他的线人。

上了大学，思想是自由了，头发也自由了。长发及肩就成了我独特的形象标志，从此三十年，从未变过。

人生无处不清欢

建民家的丹阳小时候看见我就像看见了鬼，哇哇大哭，志军家的象娃胆子大些，见了我就喊：“老K，老K。”我不知道丹阳把我当成了何方的妖怪，但象娃看见我，一定是想起了他爸爸手里常玩的扑克牌了吧。

随着年龄的增长，头发是愈发地稀少了。每次镜前观照，都觉惨不忍睹。于是就萌发了剃头的想法。那些年葛优和陈佩斯在电视上很火，我也着实是喜欢他们那锃光瓦亮的光头。然破旧立新总是很难的，也是痛苦的，每次到了关键的时候便没了决心。有一次让女儿在电脑上给我P了一张我光头的照片，难看得想吐。从此也就不再想剃头的事了。

前几年，侯震老师在想象艺术空间里做展览。晚上的酒会上，在大家谈兴正浓、酒意正酣的时候，非哥私下一刀剪下了我及肩的长发。记得当时大家的表情或惊悚或错愕，但我只知道我当时的感觉：如释重负，烦恼尽断。到今天我都感谢非哥！他是懂我的哥们儿。那天晚上很热闹，有剪的，有刮的，有洗的，当然也有拍照发朋友圈的，像极了一场行为艺术的表演。那天回去得很晚，到了自家的楼下，却不敢进屋，只怕惊吓了爱人。

我爱人原是我大学时邻系的同学，温州人，后来做了我女儿的生母。有些朋友不知道原委，所以就常有人问我：“你怎么找了个温州的媳妇呢？”我就调侃说：“当年温州发廊火爆全国，我们学校的门口就有一家。因为洗头的妹子长得好看，我就常去，所以日子久了也就生了感情了。”

有人不信，有人半信，但也有人一定是相信了的。

庚子暮春于虚堂

宠物

非哥家的糖豆，是吉娃娃和不知啥狗的杂交，因了它的基因不纯，所以长相就十分滑稽。双目暴突，两耳招风，却又机灵可人。只是体形娇小，十年未曾变过。糖豆最禁不得好话，一表扬就会兴奋，一兴奋就要失禁，所以非哥非嫂对糖豆的夸赞，总是适可而止的。那年冬天，非哥晨起如厕，回来一看，糖豆正躺在他的被窝里龇着牙傻笑，掀开被子一看，已是水漫金山了。

非嫂年轻时是部队里的文艺兵，钢琴弹得好，歌也唱得好，糖豆也便有模有样地学了起来。每当非嫂的钢琴一响，糖豆就会抬了头长吼起来，虽不在调子上，但也让人忍俊不禁了。

俊江本是个玩心大于爱心的人，前年他媳妇牵了条纯种的日本秋田犬回来，他也便爱心泛滥了一回。秋田犬体格健硕，性情温顺，通体雪白，无一杂色处，故两口子为其取名“小雪”。除每日的早晚陪了小雪散步外，还要三天两头地去专门打理宠物的店里，给小雪洗澡、理毛，每次都要花上百十块钱。但俊江还是高兴的，虽嘴上也会常常抱怨养不起，但有朋友提出送人吧，他还是舍不得的。

上周末，要民和他爱人来，竟也抱了一只不足两月的小狗，说叫“可乐”，是为给下月就将退休的爱人做伴消遣的。两口子着实是有耐心，可乐是未曾受过训练的，所以不注意就会尿了或是拉了，他们就不停地擦或洗，而后又拿香水喷。我调侃说，也算是提前抱了孙子了，要民说，算是抱孙子前的演练吧。

我家那个叫作“班班”的大黑猫，来我家已有十余年了。虽无了先时的敏捷，但也日日守着家门，等着我们回家。建民家前时刚抱了个花猫，第一天抓了老太太一下，

第二天他弟弟回家，又被咬了一口。晚上建民和老太太就商量着，要把它送人，谁知当夜猫就不见了踪影。我说，缘来则聚，缘去则散，一切都随了缘分吧。

前几年去桂林，文才兄的工作室里养了一只硕大的鹩哥，我在彼处待了三天，竟没听它说过一句人话。但却极能吃的，一日一斤的葵花籽，从来未曾少过。

张琴爱养鸟，普通的一对云斑，她竟然能养出个性来。每天张琴都会给果果和小灰轮替了洗澡，而后拿毛巾裹了轻轻地揉擦，待羽毛干了，随手一撒，果果和小灰便会在房间里飞上一圈，而后落在张琴的头上，抑或是肩上，静静地看张琴做饭、看书或者画画。闲适得如同童话，极有画面感。

我爱人则爱养鸡，其对鸡的钟爱，超乎对所有动物的喜欢。1990 年的时候，她还在温州师院里教书。那年暑假，她买了几只小鸡，就放在我家三楼的阳台上养着。她每天从学校里回来，总是先上楼，去喂那体不盈掌的小鸡。但小鸡毕竟是难养的，不到月余也就仅剩下一只，所以便尤显得重要了。然而生命总是无常的，更何况是小鸡呢。终于在一天的下午，其中一只鸡被邻家抓老鼠的夹子夹死了。爱人实实地哭了一场，又哭了一场，从此我家便不再吃鸡肉了。

如是十年，时事翻转，我们已举家回了洛阳，对于鸡的敏感也渐次地淡了。有一年夏天，爱人竟重操旧好，又买了七八只小鸡来。小鸡总是可爱的，我只是担心她为物所累，所以就给她讲“诸行无常”，讲“诸法空相”，讲“放下自在”。爱人倒也坦然了许多，只是对小鸡的关爱愈加强烈了。她的鸡都有个英文的名字，如“玛丽”“安妮”“凯瑞”等。每天下了班，她都会用纸箱把小鸡带到楼后的草坪上去遛鸡。她在前面走着，叫着鸡的名字，一群小鸡就随了她走，俨然一队操练的士兵。晚上，其他的小鸡都睡了，她总是取了她最喜欢的凯瑞，托在手上，另一只手在键盘上忙乎着，场面是极有喜感的。

小鸡大些的时候，纸箱已不能再做它们的家了。爱人索性就把它们散养在了阳台之上，如此，气味也就愈加难闻了。有一天，我郑重地和爱人说，楼上楼下的邻居们提了几次意见了，咱也要注意影响。爱人显然是为难了，我就出主意说，咱把小鸡送回老家，家里地方大，又可以陪了老父亲高兴，咱们周末回去看看，岂不是一举多得，爱人竟然同意了。以后的数周里，每逢周末，我俩就会开了车回家，看我的老父亲，也看她的小鸡们。只是老父亲总背了我爱人抱怨，说小鸡啄了他菜地里的菜苗，吃得又太多了等。我就私下里给他出主意："你可以隔三岔五地弄上一只炖了吃的。"父亲就笑了，眉头却依旧拧着，没有放开一下。

往后的日子，我们照例每周都回老家，照例每次小鸡都会减少，后来，爱人就不大回去了。

对于爱人，我总是心怀愧疚的。所以就总是想，等我们老了，就一起回归乡野，盖三间瓦房，种一庭烟竹，栽一架凌霄，随便她养多少小鸡，任它们嬉戏于幽丛，鸣唱于桑颠。我只煮一壶上好的寿眉，看爱人采摘于篱下，听邻家犬吠于短垣，然后濡墨陈宣，画鸡的画，写花的诗，这其中的况味，岂不美哉！悠哉！便是陶翁在世，亦不过如此吧。

庚子仲夏于虚堂

喝汤

洛阳人爱喝汤，这种习俗，有人说始于明清，有人说始于唐宋。反正是人云亦云，终究是无从考证的。

在洛阳的城里，人们对“喝汤”的“汤”字，是有明显的特指的。它既不同于乡下人早晚时用小米熬制的稀饭，亦不同于广东人餐前必有的加了各种补品的高汤。而是每日心心念念都想喝上一碗的各种或荤或素的早餐。

有人说，洛阳有八大汤品：羊肉汤、牛肉汤、驴肉汤、豆腐汤、丸子汤、不翻汤、杂肝汤和胡辣汤，其实是有些夸大的嫌疑的。且不说胡辣汤本不是洛阳特有，不翻汤也只是老城夜市里的小吃，洛阳人一般是不喝的，只有外地的游客来此，算作是身在异乡时的一种风味体验罢了。严格说来，让洛阳人恋恋不舍的，也只有牛肉汤、羊肉汤、驴肉汤、杂肝汤和亦荤亦素、可荤可素的豆腐汤和丸子汤了。

牛、羊、驴的肉汤，基本的主料都是棒骨、脊骨和肉，配料就复杂些，各家有各家的配方，各家有各家的秘籍，那是绝不外传的。但也不外乎陈皮、小茴香、花椒、八角、桂皮、肉蔻、草果、香砂、香果、荜茇、丁香、辛夷花、白芷和良姜了。只是品种和用量的多少，是各家不同的，所以才有了口味的不同。豆腐汤和丸子汤则属于素汤，但也有些卖家在熬制豆腐汤时用了鲫鱼，在熬制丸子汤时用了鸡骨架，所以也就有荤有素，只依自家的口味了。

在这几种汤里，我最好的一口，还得是驴肉汤。驴肉性平味甘，入心肝二经，且血如白玉，肉质细腻，喝汤时加入蒜末，鲜香可口。自古便有“天上飞禽，便属鹌鹑；地下走兽，就属驴肉”的说法。

洛阳人所谓的杂肝汤，一般是牛杂的专指，口味则极具个性，臭烘烘的，闻不惯的人闻到后就会退避三舍，好之者却如魂牵般趋之若鹜。

会潮叔家的小杰爱做豆腐汤，虽做法大抵和当地的做法相同，但又有别于汤馆里的口味，据说是很好吃的。几次相邀，都因或这或那的缘故，至今也不曾有过这个口福。可惜是可惜了，但念想却总还是在的。

洛阳人对汤的痴迷，是近乎疯狂的。汤客们不分老幼，无分尊卑，上至达官贵人，下至贩夫走卒，只要进了汤馆，身份便是一律平等的，只是在汤的价格上，多少能体现出来身份的不同罢了。从五元到三十元，也只是肉量上有些区分，至于味道，一定也是平等的。

现在的汤馆，环境大都好了些，卫生条件也好了些。先时就大不相同了。二十年前，我随了朋友去纱厂路喝牛肉汤，汤客们端了汤碗蹲在马路的边上喝，喝完随手放了碗和筷子就走。后来者要自己去马路的边上捡了别人的碗，递进洗碗的窗口看着人家洗了，再拿到盛汤的窗口去盛汤。盛了汤，拿了饼，然后再到门口的路边蹲了喝。那种场面，至今都不曾忘却过。

人生无处不清欢

真正的汤客是极讲究的。一定要在七点钟以前，去喝未曾加过水的第一锅的原汤。也大多是带了自家的饼子，去买那最便宜的汤。出汤时一定对了窗口喊一声：“清汤双椒。”然后抓了葱花和香菜在碗里，找一个角落坐了，慢慢撕了口袋里的饼，泡进去，缓缓地吹开汤里的浮油，慢慢喝上一口。闭上眼睛，回味一会儿，再慢慢吹一下，慢慢喝一口。直到碗里的汤见了底，半碗泡透了的饼还没吃上几口。然后端了碗去，重新加了调料、葱花和香菜，加了汤，回原位再喝。

还有一种汤客，第一碗是不放盐的，喝的是原味，第二碗加汤时再放盐和调料。当然也有始终都喝原味的。

东花坛原来有一家卖牛肉汤的馆子，很小，很破，但味道却极好。我们都从涧西开车去喝。后来老板发了财，盖了三层的楼面，味道却不如先前了。我说不清楚是汤的味道变了，还是环境的味道变了，反正老的汤客是渐次少了。但外地的游客却依旧很多，生意依旧如往日，做得风生水起。

今年的春节，因了疫情的防控，所有的饭店都关门了。过了清明，疫情好转了些，有几家汤馆也陆续地开了门。但要求却很严格：不能堂食，不能扎堆。所以，汤客们都自觉排了队，拿了自家各种小锅或大盆，买了回家里吃。也有忍不住要在店外吃的，那旧时停车的场地，就成了汤客们解馋的道场，一个车位一个人，一把高低的凳子，倒也是蛮有趣的。

年轻的时候，我也算得上汤客中的极品了。随着年龄的增长，自觉还是要节制一些才好。毕竟汤里面有高脂肪，有高嘌呤，是无益于老年人的。但每次外出，或五日，或十日，心里便痒痒起来。回到洛阳的第一个早上，是一定要去汤馆里喝汤的。这种习惯，年复一年，从来也未曾改变过。

庚子仲春于虚堂

斗鼠

说是斗鼠，亦可说是老鼠逗我。

在这旷日持久的人鼠斗法中，老鼠以其特有的狡诈，始终以游击战术与我周旋，使我在近半年的时间里，尽受欺侮，但却从未见过其庐山之真面。而我则坚持了持久战的战术，日日设法，日日行动，日日未曾懈怠过。结局总还是好的，毕竟老鼠是被我斗败了，毕竟它是殒命于我的智慧之下，但我却始终未敢以一个胜利者自居，也始终未曾高兴起来过。

那是去岁初春的一个早晨，乍暖还寒的天气，我照例如时来到虚堂，照例煮上一壶陈年的白茶，照例悠闲地啜着。忽然，茶台上三颗瓜子的空壳整齐地排在一角，竟如三只幽昧的眼，盯得我瞬时紧张起来了。因为我每晚回家前，都要整理了茶台茶具的，这三颗整齐排放的瓜子皮，分明如天外来物，难道，屋里进了老鼠了？

对于老鼠，我天生有着一种深深的厌恶感。先时在乡下的时候，也是常常与之谋面的。在房前，在屋后，在一切阴暗的角落里，都会有它灰色的身影和狰狞的面孔。晚上睡觉时，也总会发现墙角的某处有幽绿的光在盯着我，抑或是在梦里，也总会被麻秆裱糊的棚顶上嬉闹的声音所惊醒。也经常会听大人们说，谁家的粮食被老鼠糟蹋了，谁家的孩子晚上被老鼠咬了耳朵了，等等。所以，老鼠成了四害之一，农村早就有“老鼠过街，人人喊打”的说法了。

那时候，人们整治老鼠的法子很多，如老鼠药、老鼠拍、老鼠夹、老鼠笼，还有就是家家都养了猫。但消灭的速度似乎赶不上老鼠繁殖的速度，所以，老鼠还是如常时的多，如常时的为害一方。

人生无处不清欢

我放下茶盏，开始在房间里检查起来。从门窗到入户的各种管洞，从书柜到各个角落，竟都没有发现异常。只是最后在我花台的一处，发现了三五粒如半个绿豆大小的黑色的颗粒，我才确定，是进了老鼠了，而且是只幼鼠。

我迷惑了，这十几层高的楼房，老鼠竟是插了翅膀的吗？

从此，每天来到虚堂的第一件事情，就是检查各处，看有没有它的踪迹，有没有被它破坏的地方。如此这般，直至夏季。有一天，我忽然发现我书案的下面竟然有些许的纸屑，我知道，老鼠毕竟是老鼠，它是不会改了它作恶的本性的。我便开始认真地检查书柜，检查堆放宣纸的地方。终于发现在我堆放废纸的上面，有一拳头大小的洞，我慢慢掀起，里面竟愈来愈大，深度竟近一尺。我震惊了，也愤怒了。当即决定，要消灭了它。

一开始，我只是买了个驱鼠器，只想着把它赶走了即可，毕竟我还是宅心仁厚、慈悲为怀的。最初的几日，确实是没了新的迹象，我以为确已成功，便又恢复了先时的悠闲，每日里喝茶、作画，抑或写诗，心境竟也如止水般了。

忽一日，我去衣柜里取东西，竟发现散落几处的黑色颗粒物，竟大如绿豆了。我彻底被激怒了，失了李商隐“斗鼠上堂蝙蝠出，玉琴时动倚窗弦”的谦谦风度，唯余下“硕鼠硕鼠，无食我黍！三岁贯女，莫我肯顾”的哀怨之气。

那天，我去枣园村的集市上买了两包老鼠药，撒在了老鼠经常出没的几个地方。而后每日早上，都会去检查成果。然而几天过去，那添加了各种香饵的粉色颗粒竟一粒未曾少过。后来，有朋友推荐一种粘鼠的纸板，据说效果是很好的。我放了七八张在房间的各个角落里，还是月余未见成效。老鼠竟如看破了我的心机，行为愈加地放肆了。每日晚上，都会从茶台下的垃圾筐里，拉出一堆的纸屑果皮，放在我茶台下面的凳子上。仿佛是斗气，又像是示威。我是彻底无语了。

有时我就想，你毕竟也是吃了我写过字的宣纸的，应该也算是有文化的老鼠了，那咱们就面对面地谈谈。只要你有了归顺之意，或退避于舍外，或安之于虚堂，咱俩相安无事，岂不美哉。抑或你奉持鼠道，坚以鼠行，那咱就面对面地干，别躲在暗处逗人。哪怕是“蝙拂帘旌终展转，鼠翻窗网小惊猜”也好，毕竟还有些声响，有些踪迹的。它倒好，如此近半年的时间，我竟从无见过它的尊容。一明一暗，斗智斗勇，何时是个头啊。

那天，我静坐在茶台前，看茶台下的垃圾筐，也看茶台下面那把凳子，忽然就有了灵感。从垃圾筐到凳子之间，不过一尺的距离，何不在它必走的路径和必到的地方设伏呢。于是，在晚上回家之前，我便如法而为，放一张粘板在垃圾筐和凳子之间，再放一张粘板在凳子的面儿上，而后才窃喜着回家。

晚上躺在床上，总想那几句话：“多行不义必自毙。”“欲让其灭亡，必先让其疯狂。”又想起先时在温州的时候，拿了气枪打老鼠的事，一枪一个，太过瘾了。

翌日清晨，去虚堂的路上心情格外的好，好像是有了预感的样子。进门路过茶室的门口，又假装若无其事地往茶台处扫上一眼。只一眼，我便知道，成功了！但我终究是没敢去看它一眼的，也不忍再看它一眼吧。只是给门卫打了个电话，让门岗的老孙来给处理了。

后来听老孙说，那只老鼠很大，他去拿的时候，老鼠还在挣扎呢。幸好我没有细看过它，要不然，一定会三天吃不好饭的。又想，假如老鼠没有了贪心，没有了嗔心，没有了搞破坏的痴心，样子长得再好看一些，也许也会如非哥家的狗、张琴家的鸟和我家的猫一样，被人们所宠幸的。

可惜，这也只能是我的一点想法而已了。

庚子仲夏于虚堂

喝酒

小师弟能豆今年十一岁了，真是人如其名，人小鬼大，聪颖且又早慧，有时也古灵精怪的，但却叫人喜欢得紧。今次，他随了母亲从沪上回洛省亲，竟送了我一个他亲手捏制的彩色橡皮泥的塑像，光头华髯，褐衣皂裤，神态竟也如我平日的样子。只是那塑像怀里还抱有一绿色的物件，我便问他："这是什么？"他说："酒瓶子。"我说："为什么是绿色的？"他说："'牛二'呀，爸爸说你最好这口的。"我便逗他："大师兄早已不喝'牛二'了，现在只喝茅台酒了，回去告诉你爸，下次去上海，他要拿茅台招待我。”他竟也信以为真，只讷讷道：“噢，瓶子应该是白色的。”我们便大笑起来。

看起来，我这好酒的习惯，竟也是名声在外，妇孺皆知了。

说起喝酒来，那可就话长了。

记得第一次喝酒，我还只是个小学生吧。那一年，同街的要仁哥结婚，晚上我和黎晓、向争等小伙伴去看大人们闹洞房，去大人们喝酒的桌上蹭喜糖。长生叔便逗我们，谁喝一杯酒，给谁一块糖。那酒是红薯的蒂头酿的，入口烈而苦，我是喝了三杯，揣了三块水果糖回家。一路上竟如踩了棉花，歪歪斜斜的，进门就遭了母亲的呵斥：“不学好的东西，学会喝酒了！”

第二次喝酒，应该是初中时的暑假了。那天家里没人，我就偷了父亲的散酒，站在案板的前面，就了那前顿余下的半碗萝卜丝咂饮着，不想被来家串门的姑妈碰见了，告诉了母亲，便又挨了一顿臭骂。

上大学以后，喝酒就变成正大光明的事情了。但因为没钱，同学们聚会时，也多是喝那一块七毛三的“川曲”，或一块钱一盆的散装的啤酒。那时候，志军在学校的学生会里当干部。有一年他过生日，西春叫了我同去，买了菜在他中文系的宿舍里喝酒。十几个人从中午喝到天黑，几个人出了酒，几个人被架了回去，我是一概不知道的，因为我醒来时，还在志军宿舍里的床上，但已是三天之后的事了。

毕业的前夕，我们版画班的同学在教室里聚餐，李大鹏老师竟拿了他新置的一套酒具来。因为我是班长，是要带头的，所以那一天就喝得很嗨，喝得很悲壮。最后，教室门口的草坪上，竟也躺了一地的人了。我是被历史系的老乡平安和少欣架回去的。只是第二天醒来，不见了鞋子，只好光了脚沿路寻找，最后是在教室门口的草坪上找到的。只是草坪上当时还有几只散落了的鞋子，竟也不知道是谁的了。

大学毕业，便是进入社会了，但也同时入了酒池肉林当中。业务上的应酬，亲朋间的接待，还有好友间的聚会，实实让人应接不暇。有你情愿的不情愿的，主动的被动的，大抵都是躲不开的，所以就常常醉了，常常丑态百出了。

有一次和公司的同仁们一块儿喝酒，回家后岳母让我去对面的舅舅家说个事儿，我出门时她还在后面喊：“记住了吗？”我说：“记住了。”然后出门，穿过环城路，便入了那鳞次栉比的小巷。等到了舅舅家的门口，竟还真忘了要说起的事情，于是悄然退出门洞，在院子里找一石板坐了冥想，不觉间竟入了梦乡。许是华盖山一坡的虫鸣和一树的风声惊了我吧，醒来时，已是夜过三更了。

还有一次为了要账，去宴请甲方的领导，从中午喝到太阳偏西。有朋友晚上来吃饭时，竟然在厕所里发现了我，正把胳膊架在厕所的隔板上睡觉呢。于是叫了同事来，用平板的推车送我回家，我嘴里还喃喃自语着：“喝，喝，倒。”母亲见了，心疼地哭了一场。

好在那时候还年轻，还要为了生计去打拼的。所以，每天出门时，爱人也总是叨叨两句“少喝点”，而无多余的责备了。

过了五十岁，就不大喜欢应酬了。加之爱人以关爱为名义的管控也愈发地紧了，喝酒也便成了三五知己间清谈时的浅酌，抑或无事时的慢饮了。或老街酒肆，或路边小摊，简单的两个小菜，喝两瓶粗酒，然后清醒着回家。日复一日，倒也没有断过的。时间久了，就连我的诗里词里也多少有了些酒气。如“此处只堪杯酒，谁与我，竹下飞觞”“醉眼迷花语，闲心任鸟声”“待樱开瀌壑，无妨携酒吟诗”“怅绪但凭诗酒，流连处，梧树寒鸦”。如此，有好友说我“出门有诗，回家有酒”，我倒也欣然而受了。

有人说，昔年杜康造酒时，因为土味太重，是掺入了书生、武将和疯子的血的。所以就有人把喝酒也分成三种境界，即“微醺”“酣畅”和“酩酊”，这三种状态，也是从艺术畅想到哲学思辨，再到物我两忘的全部过程。所以，我也总想自己这诗酒的一生，从年龄上算，其实也可分作三个阶段的，即：青涩期（25 岁前）；疯狂期（25 岁至 50 岁）；成熟期（50 岁后）。但是，每个人大抵也是各不相同的吧。

我羡慕东坡的旷达、李白的豪气，还有陶潜的忧悯，然与刘伶、嵇康之流的放浪与任诞，我却是格格而不入的。所以我也曾在我的《砚边絮语》中写过：“酒者，可通神，可见鬼。通神则娱，见鬼则伤。其中分寸，自在量力而行也。”

庚子夏日于虚堂

茶趣

我小的时候，热的水都是极少喝的，更别说喝茶了。

母亲爱喝生水，不管是炎炎夏日还是凛凛严冬，从地里干活回家，必先去水缸的前面，掀了那桐木的盖子，用缸沿上挂着的铁制的瓢，舀了清凉的水喝。日子久了，我们兄弟几个也都学了母亲的样子去喝生水，所以我家唯一的竹制外壳的暖水瓶放在了爷爷的屋里。说来也怪，一家人都喝生水，竟没有一个有过肠胃的病症。许是那时的农村还不曾被污染，井水也干净些吧。

第一次喝茶，是去十几里外的城里看二姐，见街边有简陋的茶摊，桌子上摆放着七八个透明的玻璃的杯子，杯子里盛满了黄澄澄的茶水，杯口用裁得方方正正的玻璃板压了。掀开一块，那茶的香气便满大街弥漫开来，虽不曾看见茶叶的长相，但却好闻极了。我便是在这香气的诱惑之下，咬了牙跺了脚去喝了一杯。价钱是记不得了，但味道到现在还是清晰的，那分明就是一种淡淡的茉莉花的花香。

真正的品茶，应该是2004年的春天，那时候我在郑州谋差，认识了河大的学兄李健强。健强兄文雅高古，是个极讲究的人，笔墨上讲究，品茶上也讲究，像极了从古时穿越而来的文人雅士。那时候我常去健强兄的画室里闲坐，画室很小，但却极雅致，偌大的画案的一角，放着一个圆形的青花茶海。茶壶是紫砂的，茶杯也是紫砂的，茶叶却每次都有不同。后来又从宝松处认识了东奇兄，以后四个人清谈和品茗的所在，就移到了健强兄楼下的一家专业的茶馆里了。老板姓王，写得一手极好的苏体的字，也算半个圈里人了，所以，我们常聊的话题除却书画外，便是茶了。比如铁观音的香薄，熟普的味厚，生普崇老，毛尖宜新，白茶和黑茶一定要煮了喝才好，等等。倒是我这茶中莽汉竟也如栊翠庵里的刘姥姥，只做了个饮茶的粗人。

我总会想起《红楼梦》里的那个茶中高手，那个清高孤傲的妙玉来。

贾母带了一众人去栊翠庵里喝茶，妙玉亲自捧了一个海棠花式雕漆填金云龙献寿的小茶盘，里面放一个成窑五彩小盖钟，与了贾母。然后，众人都是一色官窑脱胎填白盖碗，水则是用了旧年的雨水。等得与宝钗、黛玉和宝玉独处时，给宝钗的是一个旁边有一耳，杯上镌着三个隶字，后有一行小真字“晋王恺珍玩”，又有“宋元丰五年四月眉山苏轼见于秘府”一行小字的杯子；而捧与黛玉的那一只，则形似钵而小，也有三个垂珠篆字；轮到宝玉，却是前番自己常日吃茶的那只绿玉斗，其中深意，宝玉却偏偏不知。所以宝玉就笑道：“常言世法平等，他两个就用那样古玩奇珍，我就是个俗器了。”妙玉道：“这是俗器？不是我说狂话，只怕你家里未必找的（得）出这么一个俗器来呢。”遂又寻出一只九曲十环一百二十节蟠虬整雕竹根的一个大盏出来，笑道：“就剩了这一个，你可吃的（得）了这一海？”宝玉喜的（得）忙道：“吃的（得）了。”

以下便是妙玉对饮茶的独家解读了：“你虽吃的了，也没这些茶糟踏（蹋）。岂不闻‘一杯为品，二杯即是解渴的蠢物，三杯便是饮牛饮骡了’。你吃这一海便成什么？”说得宝钗、黛玉、宝玉都笑了。再看看当下的用水吧！黛玉因问：“这也是旧年的雨水？”妙玉冷笑道：“你这么个人，竟是大俗人，连水也尝不出来。这是五年前我在玄墓蟠香寺住着，收的梅花上的雪，统共得了那一鬼脸青的花瓮一瓮，总舍不得吃，埋在地下，今年夏天才开了。我只吃过一回，这是第二回了。你怎么尝不出来？隔年蠲的雨水那（哪）有这样轻浮，如何吃得。”

妙玉喝茶的调子高，她对茶、器和人的精准把握，已入臻化妙境，如此考究算计，自是一种格调，一般的人也只能是自愧弗如了。

我日常吃茶，算不得讲究，但从生水喝到花茶，从铁观音喝到生普，感悟还是有的。这几年随了大和尚喝老白茶，倒也习惯了。每日煮上一壶陈年的寿眉，或自饮，或待客，书房里总是弥漫了淡淡的茶香和枣花的味道。但我更喜欢在不同的时序里，去白马寺莲舍前的宽檐下喝茶。三五同修，凭几宴坐。环顾四野，人茶两忘。春天里，看“小荷才露尖尖角”的一塘生机；夏日里，看“映日荷花别样红”的一池绚烂；秋日里，便对了衰草残荷，去吟那“飞叶飘蓬无计数，玉殒香消，堪作秋声赋”的清词；冬日的雪后，最适合击板高歌“纷披银粟出，迟暮送春来。玉剪松声落，风摧竹影哀”的佳句了。这个时候，天人合一，心随了情动，情也随了景移。瓯中之物，也便如了眼前的风致，心中的悲喜，让人嗟叹于世事的无常里。

这些年，时人风行“禅茶”的说法，无非是因了赵州和尚那段“吃茶去”的禅宗公案。其实禅归禅，茶归茶，本是两件互不相干的事情，只因了一个“悟”字，便使得“禅茶一如”，都归了修行的一路，诚如是“济入茶水行方便，悟道庵门洗俗尘”了。其实，喝茶只是一种生活方式罢了，正如禅宗“即心即佛”之妙理，饥来便食，困来且睡。实不可着了色相耽于执着。岂不知“郁郁黄花即是般若，青青翠竹皆是法身”的道理！

庚子秋日于虚堂

萝卜白菜

俗话说“萝卜白菜，各有所爱”，不过是说人的口味不同，爱好和选择自然也就不同罢了。

但回想我小的时候，居乡下，虽也口味不同，但“所爱”自然是没有选择的。春夏还好些，有番茄、豆角、茄子和各种绿叶菜，虽然是由生产队里不定期分发的，量也少些，但我母亲总能生出各种花样，做出各种味道来。

过了霜降，家家的后院前庭里都会挖一个大坑，把萝卜一层一层地码好，上面封上土，然后再在边上挖一个浅坑，把白菜一个一个立进去，用土把根部围了，再盖上苇席或者草帘儿，是谓冬储。所以，入冬以后，家家的锅里就只剩下萝卜和白菜了。还有那经了霜的晒干了备用的红薯叶，在冬季的农家，也算是不错的副菜了。

那时候，我最不喜欢吃的菜就是白菜。过年时烩菜里的白菜还好些，还有一点油水，平日里下面条，是从来不炒菜的，白水煮白菜，那个味道实在是难吃得很。所以，我总是端了碗，边吃边挑了往地上扔，母亲也总是拿了筷子敲我的头，边敲边骂着：“吃了能药死你。”

先时，随了大姐在西安读中学时，大姐家的邻居是东北人。他们每年都会把白菜洗净了放入缸中，再压上一块大大的石头，说是泡酸菜。吃的时候切碎，再滴上几滴香油，清爽得很。

白菜心腌了也好吃，加点蒜末就更好吃了。我听小金说起过他豫东老家的趣事，说村里有好酒者，有酒无菜，便相约了几个人，携酒入菜地，捡了最肥的白菜心围而坐之，扒老皮，削虚梢，把白糖撒入菜心，以为佐酒之肴。想起来，也算是有趣得很。

我们老家的萝卜都是大个的，一半白，一半青。白头的可生吃，青头的会辣些。不过如果是腌了吃，也就没有区别了。腌萝卜有两种，一种是把萝卜洗干控水后，整个放入小口大肚的缸里，然后加盐封存，一个月后即可食用。食用时洗净，或切丝，或切丁，俗称咸菜。还有一种腌法是现吃现腌的。吃饭前，把鲜萝卜切成丝，用盐和醋一拌即可。有讲究的人家，会滴上几滴香油，再撒上一勺芝麻，那味道自然就会不同了。

在我的记忆里，老家人吃饺子，永远只有萝卜大肉的馅料，这种饺子很好吃，到现在我还不曾吃烦过。萝卜切片，过水，然后捞出，用纱布裹了，挤出水分，和大肉一起剁碎，加盐、酱油、五香粉等佐料，拌匀后即可。这个过程叫“盘馅儿”，是要有些水平的。我母亲就盘得好，因为她有个特殊的本事，拿鼻子一闻即知咸淡。

入了年关，家家都要炸油货，比如油条、油饼、豆腐以及胙肉等。老家的人俗称为“搁锅”。有一种油货叫作“咸食”，即把萝卜切丝，放入拌好的面糊里，然后分块挑入油锅中，至焦黄时捞出。后来，我在城里也吃过，不过名字则尤为特别，叫“狗支扎”。其实东西是一样的。

红萝卜生吃也好，和白萝卜相搭也好。生性平和，宜与百菜相配，因其色彩亮丽，多做了别菜的点缀了。但红萝卜的缨子却好吃：洗净切段，撒少量黄面粉拌之，上锅蒸十分钟即熟。食用时，以蒜泥加生抽，加醋，加香油拌匀。当然，红萝卜本身亦可做蒸拌的菜肴，只是当年从未曾试过。

后来入了城里，才知道萝卜白菜也是有许多妙用的。比如可做猪肉白菜炖粉条、白菜炖豆腐、酸辣白菜、萝卜炖羊肉、萝卜炖排骨、萝卜炖牛腩等。更为夸张的是，洛阳水席的头牌“牡丹燕菜”，竟也是以萝卜为主料的。当然，其加工程序也是极复杂、极讲究的。它以白萝卜切细丝、浸泡、控干，拌绿豆粉芡上笼稍蒸后，入凉水中撒散，经九蒸九晒，形似燕窝之丝。再配以蟹柳、海参、火腿、笋丝等物，再次上笼蒸透，然后以清汤加盐、味精、胡椒粉、香油浇入即成。其味醇、质爽，十分利口。

近来总是想，人的食性随了年龄的增长，也是会变化的。比如我先时不喜白菜，今日却奉白菜为百菜之王。除去年龄的因素，或许还有一个隐性的、被忽略了的原因，就是搭配的问题。比如村野莽汉牵手村姑，你最多叫乡下鸾凤，但如牵手了富家之女，说不定就能登大雅之堂了。

我还是喜欢那句俗语：萝卜白菜，各有所爱。最起码，它是随了人的心性了。

辛丑秋月于虚堂

红薯情结

我工作室的楼下，有一个卖烤红薯的小贩，总在下午的五点左右出摊。嘴里不停地喊着：“烤红薯，热腾腾的烤红薯，又甜又面的烤红薯。”每天回家，我都要经了他的摊前，去闻那香甜沁鼻的味道。

但我从未曾买过，因为我就是吃着红薯长大的。

我老家的村子，北依了北邙。出村向北，一路的土坡，一层叠一层，一梯高过一梯。但土质却极好，最宜种红薯。种出的红薯，水性小，干面香甜。那时候小麦大都交了公粮，供城里人吃了，余下的极少，只是在过年、走亲戚或家里办事时才能吃到白面的馍馍。所以，红薯在当年，就成了主要的口粮，有“一年红薯半年粮”的说法。

红薯一般在开春后开始分芽栽种，一个坑里压一根芽苗，围上土，用十指压实了，然后浇上水，再把围边的虚土拢来封好，用来保墒。

五月里，红薯苗开始漫地地爬秧子，各种杂草也就跟着疯长起来了。第一遍翻秧和锄草也就变得迫切了些。第二遍翻秧，正好是夏季，太阳毒照，炎热难当。但那一地翠绿的红薯叶子，也如碧波翻飞的海子。蝈蝈的叫声此起彼伏，蚂蚱不时舞蹈于叶面，我们也便忘了手里的活计，随了蝈蝈和蚂蚱，翻滚于那万顷碧波之上。逮了蝈蝈，便用高粱的秆子做简单的夹子夹了，运气好时，半晌也能收获五六个。大人下工的时候，便跟在母亲后面，拿了夹满蝈蝈的高粱秆子，高高兴兴地回家。

这个时节，红薯叶子是最好的时候。大人们也总会掐了最嫩的尖，回家下面条，或烙菜馍，蘸了蒜汁吃，味道是极好的。

红薯要经了霜以后才好吃。霜降后，红薯的枝条开始打蔫，青绿的叶子也开始变黑，并渐次地没了精神。整个北地的坡上，便开始热闹起来了。拉车子的，扛耙子的，提了篮子的，满坡都是人。前边的人挖着，说着笑着，我们就跟了大人们，去拾那遗落的漏网者。

一车一车的红薯拉回家，就堆放在各家的院子里。然后分拣，挑出大小一致且不曾有伤的，下到窖里存着，用作来年的主粮。有伤或不成了样子的，则拉到村子外面的地里，擦成薄饼厚的片子，撒在地上去晾晒。那一地的白色的片子，半卷了躺在地上，像极了白玉兰的花瓣，又如未消的残雪。晒干后的片子磨成面粉，蒸花卷的馍，擀面条或压饸饹，便成了日日的口粮了。另一半，就拉到邻村的磨坊里，磨了粉浆，然后漏粉条，过年时蒸扁垛，夏日里做凉粉。好吃得很，但却不是常常能吃到的。

我家的红薯窖很深。最下面对门挖了两个洞，一米多高。下红薯时父亲就半蹲在里面，一层一层放。有时也会是大哥在下面，父亲在上面一篮子一篮子地往下放。窖子里夏天凉快，母亲总会把盛馍的竹篮子用绳子拴了，系在窖子的半空。一为防鼠，二为防腐坏，也是个很好的储藏的法子了。

我家门口有一口老井，井边上那棵桐树很大。夏天时桐荫深茂，清樾能遮了半条街巷。吃饭时，家家的男人都端了大同小异的饭，沿了墙根蹲着吃。碗里不外乎是清可见影的小米汤或高出碗尖的红薯。小指上再挂一个小的菜碗，也无非是咸了的萝卜或白菜之类。一只手抓了两三个或黑或半黑的馍馍，边吃边聊。从村子里聊到全中国，从全中国聊到全世界。如谁家的馍是全白面的，那声音一定是最响的，神气也是最足的。当然也有说恼的时候，如延生伯、北通叔、要仁哥，还有我的父亲，都是有名的杠头，所以不欢而散是常有的，下一顿，又照常在一块儿吃饭，一块儿聊天，一块儿抬杠。

那时候，学校里常搞勤工俭学，我们就成群结队地撒到北坡上，去挖那犁过的红薯地，总会有些许的收获，但也总是大小不一或残缺不全者。三队的建设就很厉害，每次都挖得最多，经常受老师的表扬。后来他母亲找到了学校，大家才知道，他每次拾红薯后，总会偷偷地回家，偷偷地从自家的窖里拿一些，再交到学校去。后来他就成了反面的典型了。

工作室楼下的小贩，天天照常在喊“烤红薯，烤红薯”，我也照常每日都要经了他的摊前，去闻那扑鼻的甜香的味道，照常，一次也不曾买过。

己亥岁末于虚堂

吃肉

小时候在乡下，吃肉是极奢侈、极稀罕的事情。吃肉的机会，大抵也只有在过年时，抑或是去亲戚家吃酒席，俗称串门子。

但也有意外的时候。

有一年，生产队的大红马死了，就在饲养室外的院子里杀了分肉。那天，记得我是随了母亲，拿了洗脸的大盆子去的。院子里满是血腥，母亲端了血腥的肉往回走，我拉了母亲的衣角也往回走，但我看见，天空一下子就变得血腥般殷红了起来。但这都未能抵得过肉香的诱惑，那种味道，却也是真实不虚的。

吃酒席是一年里最巴望的事了。开了春，母亲就开始念叨：五月里大表哥结婚，八月里小姨家嫁闺女，按日子推算，二姑奶奶家立秋后要添孙子了。我也便暗暗记了大概，巴望着正日子的到来。

乡下人待客，还算得上实在。一般的红事，都是三八桌，即八凉、八热、八汤水。条件好的人家，会先上几碟压桌的小料，有花生、瓜子、江米条、水果糖等，八凉八热的菜里，基本都是荤素各半的。汤水主要有肉丝汤、肚丝汤、山楂汤，最后一道，必定是鸡蛋汤，它寓意着酒席圆满，该各自回家了。

那些年人都穷，遇了这种事，大人们就恨不得带了全家的人去吃。我在家行小，所以每次的酒席，都是能去成的。舅舅们总说我是母亲的小尾巴，我从不生气，只要有肉吃，那便是好的。

乡下人吃席，总是男人们坐一桌，妇女孩子坐一桌。男人们只顾喝酒吹牛，菜就下得慢些，妇女桌上的菜就下得格外快，遇到荤菜，一人一筷子盘子就见了底，真可谓是风卷残云了。我那时年龄小，却也摸出了吃席的道道，那就是下手一定要快，搛菜一定要准，否则就会留遗憾了。当然，孩子们都有各自的母亲护着，基本都会开心而归的。

每到过年的时候，吃肉和穿新衣便成了孩子们最大的期盼。哪怕再穷的人家，家长们也会尽力地不让孩子们失望，毕竟是新年新气象嘛。我家有八口人，过了腊月二十八，父亲就和邻家的叔叔伯伯约了，去三里外的蔡庄村里赶集买年货。回来时我便扒拉着篮子去看，有写春联的纸，带着土的银条（当地一种特有的蔬菜，筷子般粗细，银白色，焯水后凉拌最佳），鞭炮，当然也会有肉。母亲在旁边问道："今年割了多少肉？"父亲就说："还是五块钱。""够了。"母亲边说边收拾，脸上挂着笑。我便开始算着，还要两天，就可以吃上肉了。

这五块钱的肉，大抵是分了两部分的。少的稍瘦些的，做了饺子的馅料，余下的大半，便是一锅煮了，成了年期烩菜的点缀。当然，煮肉的汤是上好的东西，不管是烩菜、下面条，还是做焖子，掺上几勺子，都会增加几重香味。

年三十那天，吃过早饭，家家的炊烟便会重新升起。从树梢上飘过的煮肉的香味，瞬间便弥漫了整个村庄。一年里最让孩子们兴奋的时刻到了，我总是跟了进乐哥、高晓、向争一起，一家家地去啃骨头，虽然大人们都已把煮好的肉剔得很干净了，但骨头上残余着的香味，还是很诱人的。

先时的北方的乡下，吃饭都很简单。即使是过年这样重大的节日，也都是一锅烩菜而已，从不曾如现在的农村，一家人围了一桌子的菜吃。

记得昔年的年饭不在年三十的晚上，而是在初一的中午。早上换了新衣，吃了饺子，拜了祖先的牌位，便开始各自玩耍去了。放鞭炮，摔四角，弹玻璃球，当然也会随了街上的大叔大妈们去看荡秋千。母亲总会早早地回家，去做她最拿手，当然也是一年里最重要的年饭。先是用加了肉汤的水煮上半锅的萝卜和白菜，然后放入焖子、丸子、粉条和油炸过的豆腐块，最后再放入一碗切得极薄极薄的五花肉。

人生无处不清欢

吃饭的时候，爷爷独自在他的屋里吃，奶奶、母亲和二姐围了灶台吃，我则会随了父亲、大哥、二哥，各自端了满碗的烩菜和两个雪白的大馒头，到门外的胡同口去吃。这里是男人们吃饭的聚集地，平日里还会比较一下谁家的饭好，但今日的年饭是不用比的，因为过年，家家的烩菜里一定都是有肉的。

景国不吃羊肉，王红不吃炼过油的肉渣，都说是小时候吃伤了，我就特别不理解。后来想想，许是年龄的关系吧。毕竟，相差十几岁的童年，年景不同，味道一定也是不一样的。

壬寅夏月于虚堂

梦里庭花次第开

晨起，冷风入袖。听窗外雨打梧桐，淅淅沥沥，急缓有序，如泣亦如诉语。临窗远眺，城郭混沌，茫然一派，北山失度，南浦迷津，楼台巷树，竟也被云遏烟锁了去。俯瞰方庭，梧木含露，竹叶生黄，先时还绚烂如晚霞般的一树榴花，亦是红雨纷坠、残腻随波了。

父亲

父亲走的那天，天气异常地冷。西北风从北山的豁口处一路滚落下来，黄尘弥天，枯叶漫地。院子后面的泡桐树在这刺骨的风里摇曳着，颤抖着。风就在树的枯枝间往返穿行，不时发出各种悲鸣。我分明感到了树的疼痛。

我就坐在父亲的床头，无奈地看父亲一口口地倒气，一点点了无生迹。我恨极了自己，也恨极了窗外凛冽的寒风。我拿起毛巾，蘸了温热的水，开始为父亲沐浴。从脸部开始，脖子，身子，一直到脚，细细地拭着。父亲像是平日里的午休，安详而闲适。忽然想起我小的时候，父亲也该是这般细细地给我擦拭的吧。刹那间，我泪如雨下。

1950年抗美援朝，我父亲是报了名的。但因他十二岁时为了吃饱饭，当过国民党的兵，所以我二叔替了他。后来修陆浑水库，修焦枝铁路，当煤矿工人。但总是在关键时候被人放弃，最终还是回了老家，当了地道的农民。

当了农民的父亲倒也踏实，不过常常因了自己的问题而连累我的哥哥姐姐们，他心里就常有些怨气。这怨气有时藏得好些，有时就泄了出来。我母亲常常在父亲出门时不厌其烦地交代："少说话，别和人抬杠。"父亲和人拌了嘴回来，母亲总恨恨地说："一点不长记性！"转了身，就和颜悦色地劝对方："千万别和他一般见识。"

我却觉得父亲是慈祥的。可能因为我是家里的老小，所以我是不曾挨过父亲打骂的。倒是他时时紧锁的眉头，不怒自威，让我偶尔也会怕他。

好像是2013年吧，家里忽然来了几个人，说是关爱抗战老兵的志愿者，来了解情况的。父亲就来了精神，和人家聊孙先生、李先生，聊荥阳战役，聊他们几个勤务兵怎么吃长官饭后的剩菜。从此，过年过节这些人都会来家里，或送衣服，或送粮油，有时也会送钱。父亲像孩子般高兴了将近一年。有一天回家看他，他却无了往日的兴致。问了半天，他才幽幽地说：“现在是民间有人认了，啥时候政府认了，我死也就瞑目了。”

谁知道，2015 年 9 月 3 日，纪念反法西斯战争胜利七十周年，天安门广场举行了盛大的阅兵仪式。中共中央、国务院、中央军委共同为每一位抗战老兵颁发“抗战老兵”徽章。那一天，父亲把徽章端正地别在胸前，泪水就盈满了眼眶。

父亲身体一直挺好的，肺气肿是老毛病了，除此别无大碍。进入十月，天气渐凉了。忽然就接到大哥的电话，说父亲呼吸有些困难。我急急地回家，接了父亲来城里住院。开始情况还是好的，从第二个月就开始渐渐恶化。大夫告诉我：“毕竟是八十有六的人了，心肺功能大面积衰竭，你们要有思想准备了。”我忽然想起父亲说过的话，心里便有了不祥的预感。

那天和父亲在病房里聊天，父亲说：“你和院长熟，能不能开点啥药，让我早点解脱了。”我说：“你太自私了吧，你解脱了，我和院长进监狱了。”父亲就笑，二姐也跟着笑。我逗父亲说：“因为你不听我母亲的话，总爱和别人斗嘴，是造了口业的，所以受点苦也算是消业了。”父亲又笑，但明显是有些不自然的。我说“咱回家吧”，他便不再说话。

人就是这样，虽也能参透生死，但当死亡来临的一刹那，总会有些许的恐惧，些许的侥幸。父亲知道回家的含义，不想回家就是对生还有一点眷恋吧。终于有一天，父亲弱弱地对我说：“回去吧。”我知道，父亲的大限到了。

办完父亲的后事，我又陪大姐、二姐在大哥家住了几日。父亲过了头七，我才回到城里的家。

连日幽怀，追思无尽，填《踏莎行》以记。

衰树新茔，荒蒿吊古，黄尘野径伤怀路。
思心经岁渐情疏，音容梦里常相顾。
一世英名，半生屈辱，功名谁计酬秦楚。
悲歌身后耐何如，山前零落一抔土。

转眼三年已过，父亲的身影是渐渐地远了，音容也淡了。但我却常常想起，从来不曾忘却过。今天写这篇短文，是因为昨夜的梦里，我又梦见父亲了。我知道，父亲的祭日又要到了。

己亥冬日于如是精舍

忆秦川

认识三宝时，也同时认识了秦川。

那年去成都，好像是三四月份吧，乍暖还寒的时候。三宝去机场接我。一身中式的长服，围巾却是极鲜艳的红颜色，精神中透着干练，很有民国青年的神韵。待到宾馆的时候，秦川已等在那里了。温文尔雅，文质彬彬，只是感觉体质弱些，一种弱不禁风的样子。

放下行囊，便去了楼上的秦川艺术馆。进门先是秦川的工作室，临窗是一个大桌案，上面堆满了各类的书和纸，乱象也大抵如了多数画家的道场。展厅一角，架着一把上好的古琴。细看秦川的作品，全是佛教画像，既不是传统意义上的中国画，也不是油画或水粉画，而是其自创的一种类似于素描，又不算素描的特殊画种。以彩墨入纸，以肌理造型，倒也质感突出，惟妙惟肖。且多为巨制，视觉冲击力还是极强的。最后又听了秦川弹奏的自己谱写的佛教乐曲，才下楼吃饭去了。

席间慢慢地闲叙，才慢慢理出些头绪来。近些年三宝和秦川搭档，一直在做佛教文化的研发和推广。秦川自创自弹的古琴曲也有十几首了，下一步准备出光碟而与各个寺院结缘，佛教绘画也会渐次地走进佛教的寺院做展览。我说：“这条路将会异常艰难。”他们便不再说话，显然是还没有准备好吧。

翌日，我们一行驱车去了雅安，入了那云绕烟锁的蒙顶山里。蒙顶山是有名的产茶的地方，所以空气总是湿润的，云也很低，时时都会遮了前方的山峰，山峰就虚幻起来。烟峦含翠，云树招招，在山路蜿蜒处，古木苍林中，偶尔也能听见钟磬的声响。从永兴禅寺的木楼，到千佛禅寺的砖塔，我们辗转往复，不觉已是黄昏，便找一农家宿下。夜晚就在那巨大的岩石下坐了，品蒙顶山的绿茶，饮家酿的粗醪。远山如魅，月光如水，山风徐徐而来，酒力渐至半酣。天人合一，心旷而神怡，不觉诗兴大发，便与秦川相约：将一日的游感作诗，明早交账。

秦川的诗，我已记不得了。我的诗倒是存着的。

一、丁酉春，登蒙顶山寻茶，误入千佛禅寺

问道寻芳蒙顶山，尘心无意入禅关。
褐衣延座丛篱下，雅客横琴亭榭间。
每见金瓯腾细浪，便思世事少清闲。
浮生愿伴青猿老，一棹江湖暂忘还。

二、客蒙顶山，谒永兴禅寺

丹屏石阙向云开，山寺桃花迓客来。
重殿飞檐承夜露，环廊石径落苍苔。
清钟无意初惊梦，法鼓有心方入垓。
遥望蜀山皆秀色，危楼独坐费诗裁。

第二天我们又去了上里古镇，照例和秦川斗了一回诗。晚上回到成都，吃了正宗的火锅以后，才郑重向秦川发了邀请，约好十月份到白马寺释源美术馆，做专题的“秦川佛教绘画展”，且费用全免。三宝和秦川就兴奋起来，说这是首次外出展览，且又在“释源”和“祖庭”的白马寺，一定会重视的。

洛阳的十月，已有了薄薄的凉意。九月底，秦川一行六人，开了三辆车从成都赶来，并在网上预订了白马寺对面枣园村的民宿。那天我去看他，他们竟是如在家里一样自在，一起做饭，一起装框，像极了一个圆融的大家庭。展览当然很成功。从月初到月底，三宝和秦川都住在那里。我也常去看他们，一起吃饭，一起作诗，一起吹牛，倒如兄弟般亲热起来。

隔年的三月，忽然从微信的朋友圈里看到秦川去世的消息，愕然不已，马上联系了三宝。三宝说，去年从白马寺回到成都后，秦川觉得不舒服，去医院里做了检查才知道，已是癌症晚期，年后就不吃不喝……听得出，三宝已是泣不成声了。

梦里庭花次第开

诸行无常，世事亦无常。所以《金刚经》说："一切有为法，如梦幻泡影，如露亦如电，应作如是观。"

去年的春节，我和爱人去成都过年，专门和三宝见了面。他还是那般干练，只是眼神中多了一份笃定，多了一份忧伤。说起秦川，便又开始抽泣起来了。

那天晚上，我们聊到很晚。三宝走后，我却久久未能入眠。披衣而坐，作七律《忆秦川》一首，也算是聊寄一份哀思吧。

忽忆昔年共入山，云岚碧树识秦川。
闲来燕阵调丝语，酒罢丹青破丈宣。
云客乘兴寻旧地，始知雅士化晨烟。
无常谁记江舟别，但寄相思蜀水边。

庚子正月初三于鹿城

文治爷

文治爷家在街的东头，我家住街的西头。他个头不高，精瘦，且不苟于言笑。在我的记忆里，他是一直住在南地的茅草屋里，负责给全生产队种菜和看菜园子的，所以就很少见他回村，只是在村里组织四类分子义务劳动的时候，才能见他一次。孩子们都觉得他既陌生，又神秘，所以就有点怕他。

当年，我们村和羊二庄村曾同属一个生产大队，后来分村的时候，就在羊二庄村的南边给我们村分了一块地，因土地平整，便于灌溉，所以称作水浇地；又在我们村的北面分了一块坡地给羊二庄。因为是一梯高过一梯的田块，最是不易浇灌的，所以就算是旱地了。北地是望天收的，所以，我们村真正的口粮保障，就全靠离家七八里外的南地了。

那时候，我们村里有七个生产队，每个队都在各自的地里有一口水井，然后在水井的边上都会盖上一两间茅屋，再开了三五亩的肥地作为菜园子。打理菜园子的菜头，一般都是本生产队出身不好的人，也算是劳动改造的一种吧。各种菜蔬下架的时候，都会由生产队安排了马车，摘好了拉回村里，再按人头分了堆，由着各家人领了，去过那没油没盐的生活。

文治爷就是我们生产队的菜头。至于他属于四类分子中的哪一类，因我当时年幼，便不得而知了。

一队的井台上，有一棵老桑树，夏天的时候，繁茂的枝叶就如巨大的伞盖，清荫也就实实地漫过了整个井台。夏日里在地里干活的人们，总时时聚了来，乘凉或者喝水。我们队的水井因是新打的机井，所以就没有井台，自然也没有那棵巨大的老桑树了。只是在文治爷的茅屋前后，矗着几棵钻天高的白杨树，所以人们歇晌或乘凉的时候，总是聚在文治爷小小的茅棚里，喝文治爷新烧的加了各种青草叶子的开水，听文治爷有一搭没一搭地说话。没有大人的时候，他也会偶尔给我们这一群小孩儿讲故事，讲渣滓洞，讲白公馆，讲叛徒甫志高。我们都爱听。

后来大些了，听大人们讲，文治爷原是国民党军统的特务，他讲的故事，也大抵都是他亲身的经历。所以我们就更加怕他了，一个人的时候，是绝不敢进他的茅草屋的。

那个时候，我们最大的乐趣，就是随了大人们去南地。大人们干活的时候，我们就去钻各种菜架，偷吃那鲜红的番茄、碧绿的黄瓜，有时也偷了茄子或豆角吃，冬天里便去偷吃那半出了地面的萝卜。未长成的萝卜青绿青绿的，吃到嘴里辣得龇了牙，但心里却还是美的。毕竟那些年，人人嘴里都淡，也就不去计较味道的好坏了。只是大家都惧怕文治爷，所以他种的菜地里，就丢失得少些，长势也就好些。

后来，农村开始搞包产到户了，我们村的北地和南地也都分给了各家各户，原来集体的菜园子当然也就取消了。文治爷就回到了村子里，每天和他老伴下地，在自家的土地里忙活着。再后来，“四类分子”也都摘了帽子，文治爷照例是每天扛了锄头下地，但明显脸上是多了一些喜色的。

文治爷和文治奶一生无儿，大姑娘记燕生在北平，小姑娘爱霞比我小一岁，是他们回乡后生的。许是因为文治爷“四类分子”的身份吧，爱霞从小就少言寡语，且性格也怯懦。村里人都叫她“哑巴”。记燕姑性格就开朗些，虽早早出嫁到了外村，但也常常回来，帮父母干各种农活，所过之处，总是朗声笑语的，热闹极了。有时我就想，许是从小生长的环境，决定了一个人一生的性格吧。

又过了几年，我带了爱人和女儿回老家探亲，听父亲说，文治爷死了。我很惊讶，他的好日子才刚刚开始，怎么会死了呢！父亲说：都是命啊，有一天，文治爷闲来无事，就去邻村的集市上闲逛，经过牲口交易的市场时，不小心被驴踢了一脚，回来就卧了床，没多久竟驾鹤西游去了。

记得那一天天气闷热，老屋外面那棵香椿树的叶子好像入了定一般，纹丝未曾动过一下。我怅然地踱出家门，怅然地踱过中街，望着东边不远处文治爷家半颓了墙垣的大门，耳边却响起了父亲无奈的慨叹：都是命啊！

庚子仲夏于虚堂

大姐

我家姊妹五个，两个姐姐，两个哥哥，我行五。所以母亲在时，总骂我是多余的。村里的叔叔伯伯们也常逗我说，我是父亲去南坡拉煤时捡来的。平日里我是不信的，只有遭了母亲打骂的时候，觉得委屈，才会有些期许似的想，许是真的吧。所以就哭着喊：“我要找我亲妈！”每每至此，一家人总会笑了说：“去吧，就在南坡的啥啥村里，门口有棵皂角树的那家就是。”母亲就搂了我，噙了泪笑着说：“别听他们胡说，我就是你亲妈。”

大姐行一，比我大十三岁。她从小就随了二叔在陕西上学，所以在我童年的记忆里，大姐只是个概念而已，脑子里从没有个印象。稍长时，大姐倒是趁了假期也时常回家。毕竟是不同于农村的孩子，爱干净，每次回来，总是追着打着要给我洗脸。夏日里还好，寒假里，天寒地冻的，我就特别害怕。有一次大姐抓了我，我便使劲挣扎起来，终于被大姐擒了，用腿夹了我的脑袋，强行擦拭起来。我毕竟也是家中老小，平日里也是骄横惯了的，当大姐放开我的瞬间，我便迅速从地上抓了一把土抹在脸上，而后迅速逃遁了。

1966 年，大姐初三毕业，“文革”开始了，霎时间，全中国便如红色的海洋了。

1968 年大姐下乡，被分在临潼火车站旁边的一个村子里。那时候，老百姓的嘴巴里愈发的淡了。大姐回二叔家时，二婶刚生了他们的第三个孩子，也就是我妹妹红玲，孩子连奶粉都吃不上，饿得整日整日地哭。大姐临走时，二叔给了她一块钱，说：“到了农村，添点啥吧。”从那一刻起，大姐就下了决心：早点把自己嫁了，做个自食其力的人。

说来也巧，年底时，就有人介绍我现在的姐夫来。后来大姐说："我其实连他的长相都没顾上细看，就答应了。"我说："这就是缘分吧。"一个月后，大姐的婚礼在临潼火车站旁边姐夫家的院子里举行了，也算得上是闪婚了。大姐结婚时，我是随了母亲同去的，那一年我大姐十九岁，我五六岁吧。印象里和大姐去西安城里逛街，不想走路，便由大姐和姐夫一人拉了一只胳膊，在路上滑行着走，顽皮得很呢。

大姐在乡下的日子，倒也充实。一则大姐聪颖，二则干活不知道惜力，所以，村子里和公社里就高看她一眼。返城工作的事，公社比她还操心。终于在下乡三年后，大姐被铁路上招工，成了铁路机关理发室的一名理发员。消息传回老家来，爷爷说："这是啥工作，在过去就算是下九流了。"母亲却说："那都是老皇历了，毕竟孩子算是有了工作了。"那时候我还小，只是在一次大姐寄回来的一张《西安铁路报》的报纸上，看到了有关大姐的一篇文章和大姐正在理发的工作照，我便觉得大姐是最了不起的人了。

1978年，我该是上初中的年龄了，却得了一个怪病：一学习就头疼，两个鬓角上青筋乱跳。奶奶总搂了我在怀里，边用手掐我的鬓角，边说："这是用脑多了，咱不学了啊。"村里卫生室的孝安叔看了说："可能是脑神经衰弱吧。"大姐知道后，专门回来了一趟，说临潼有好多的疗养院，总能看好我的病的。我那一向信奉"万般皆下品，唯有读书高"的爷爷，也交代大姐说："看病第一，学习第二啊。"

就这样，我被大姐带走了。先是在"工疗"看病，同时入了临潼铁中的初一五班上学。那时候，大姐已是两个孩子的母亲了。大外甥比我小六岁，小外甥1976年生在地震棚里。加了我以后，生活便也就捉襟见肘了。所以我每次假期里回老家，总会背上一袋面粉或粉条回来，倒也不曾有挨饿的时候。大姐夫在铁路的勘测单位上班，很少回家，回家时便是洗衣服做饭，平实而且少言。冬天里，除了萝卜白菜以外，从延安拉回来的土豆就是最好的食物了，既可当主食，又可为菜肴。还有就是每次大姐蒸的馒头刚出笼时，必要先给我和外甥们一人一个，热馒头加了大油、辣椒和盐，好吃的味道，胜却所有的人间美味，至今我还念念不曾忘记过。

1984 年我上大学，家里还是拮据的。大姐二姐就分了单双月给我寄钱，以减轻母亲的负担。虽每月只是十元钱，但她们也算尽力了，毕竟她们当时的月薪，也不过三十元左右。

大姐退休以后，跳过广场舞，参加过处里的老人乐队，生活过得快乐而又充实。现在，大姐也是年过七旬的人了，因了哮喘，她每年都会去三亚过冬，过起了候鸟般的生活。这除了两个外甥的孝顺之外，她本心所具备的豁达、开朗的性格，才是她老来生活幸福的主要原因吧。所以，她从小给我的堂弟堂妹们当大姐，后来给我们姊妹四个当大姐，都是当得的，大家都从心里敬重她。

今年的中秋节前，大姐专程从西安回来，沿途去华阴看了堂弟，去三门峡看了二姐，回大哥家住了两天。许是受了我的影响，我爱人与大姐格外亲近。大姐在我家的两天里，爱人陪了她去外面玩，回家里做饭，教大姐化妆，临走时只怕大姐拿得太少，千叮咛万嘱咐的，我心里就格外妥帖。

那天和大姐聊天，爱人说大姐性格好，凡事想得开，所以行事才会公允，大家才会敬重她。大姐说：“我这一辈子就是个普通人，普通人办普通事，平常心才是真心。”这句话，虽然平实，也够我们一辈子受用了。

庚子秋月于虚堂

家有娇女

前一段时间，我常在白马寺的清凉院里清居，每天的早晨，总喜欢踏了石径上的清露，穿过百鸟鸣枝的竹林，去红墙以外的莲舍前的荷塘边上独坐。看晨曦从对面的松杪上翻越过来，洒在渐衰渐瘦的荷塘里，秋苇半凋，荷叶渐黄，便想那“雁声远过潇湘去”的迁客，忽然就想起我远在日本的女儿来。

想起女儿，总会喜不自禁。虽然是远隔了重洋，但心里还总觉是近在咫尺，好像女儿从来也未曾疏离过。

我女儿性格文弱，性子也慢些。爱人生她的时候，羊水都破了，她就是死活不肯出来。

记得那天在医院的走廊里，医生急切地告诉我情况，我完全地蒙了。许是我的真心打动了上苍的悲悯之心吧，当产房里传来女儿的哭声，当护士一句“母女平安”甩过来的时候，我便一屁股坐在了地上，嘴里只不停地喃喃着：“谢天谢地！谢天谢地！”

第一次见到女儿，多少还是有些失望的。头发虽算得上好，但两个粉嘟嘟的脸蛋胖得吓人，不但不见了下巴，额头也显得窄了些。岳母许是看出了我的心思吧，便笑着说：“现在是奶膘，长长就会好的。”也是因了这个原因，我给女儿起了个小名：“丫丫”，也是想丑小鸭总能变成白天鹅的。

果然，出了满月，女儿就一天天地漂亮起来了。每次抱了女儿，就喜欢得紧，就如同捡到了宝贝一样，轻易就不肯释手了。

女儿三岁的时候，随我爱人回到了洛阳，每天接送去幼儿园的事便落在了我的身上。女儿聪颖可爱，喜欢看书，又懂礼貌，每每和朋友见了说起，总引得朋友羡慕不已，我自然也就虚荣心爆棚，对女儿也娇惯得无了章法。为此，没少遭受爱人的唠叨。

上小学的时候，女儿随岳父岳母留在了温州，但女儿学习自觉，几乎门门功课都能考出满分来。小升初时，她以全校第四名的成绩被我家附近的一所中学免费录取，终于团圆了，一家人着实高兴了几日。

然而，一个孩子的成长总会是起伏不定的，十三岁的女儿也毫无例外地进入了青春期的逆流里。恰在此时，我又负笈北上，入中国书法院学习，从而缺席了女儿特殊时期的成长陪伴，所以在初中的三年里，女儿迅速从一个乖乖女变成了一个叛逆者，不再和我们沟通，封闭而且暴戾。我曾带了她去郑州的几家心理咨询机构里作咨询，结论都是："孩子没问题，是你们做得不够。"

有时和爱人说起来，爱人总是哭，我便开导她说："女儿毕竟是善良的，心身也算是健康的，那就把期望值调低些吧，毕竟她是个聪明的孩子，一定会有她自己的归宿的。"

女儿进入高中，我们总算是松了口气。没想到，高一还没有念完，就彻底地辍学了。问她什么原因，她不说，问她接下来的打算，还是不说。忽然就想起小兵和他爱人因了孩子的叛逆而抱头痛哭的场面，还有那句撕裂肺腑而又无可奈何的经典的慨叹：“报应啊！”

想想，也便释然了。毕竟每个孩子的成长道路是不同的，比如比尔·盖茨，比如韩寒，“天生我才必有用”是古人的名言，也是我那段时间里唯一的心理安慰和强大的理论支撑。我相信，我女儿终究也会长大的，终究也会成材的。所以，此后经年，不管是女儿宅在家里做网站，还是远去厦门打工，抑或是回到洛阳开店，我和爱人都全力支持，从来不曾有过放弃的念头。比如她做了张一山的官方网站，我便两次陪了女儿去北京，两次和张一山及他的父母一起吃饭。那时的张一山还是个小孩，可是等长大了些，名气也大了些时，就又靠了别人了，这也是常情。所以我总告诫女儿说：“不要崇拜别人，而要让别人崇拜你才对。”终于有一天，女儿说：“我想学日语。”问她要去日本留学吗，她却说：“不知道。”但我心里还是高兴的，仿佛看到了一丝亮光，因为只有我知道，在她冷漠的表情下面，还隐藏着一颗孤独和不甘的心，她只是暂时迷茫罢了。

女儿去了日本，一切都变得正常起来。从语言学校拿了唯一一个推荐的名额，到大学里年年都得奖学金，女儿有了自信，也找到了自我，课外的时间，还加入了一个弓道社团。有一天，女儿发了一张写有“全日本弓道三段”的图片给我看，我说：“好好努力，争取早点拿到一段。”女儿发了个笑脸给我，爱人则笑着说：“孩子好不容易从一段过来了，咋还要倒回去呀。”我这才知道，原来弓道同围棋一样，段位愈高，数字就愈大。

女儿毕业的时候，我同爱人一道去了日本，并亲临了女儿毕业的现场。四月的东京，樱花绽放，女儿和所有的女孩一样，都穿了和服和木屐，整个校园竟如春时的花汀，亦如蝶飞凤舞，花花绿绿的，煞是可爱。我们一起拍照，一起游玩，一起去吃著名的水谷家的寿司，一起去公园里看樱花，难得的天伦之乐，幸福极了！

女儿在东京工作的两年里，我倒是没有再去过，爱人则每年两三次地跑着。女儿也回来过两次，一次在温州她姥爷家见了，一次在洛阳。

女儿是愈发懂事了，成熟了，但我却老了。近年来常会写一些回忆的文章，如《家风》《父亲》《过年》，还有《看戏》，都是些小时候在老家时的故事。每次我都会发给女儿看，不为别的，只是希望她能知道，她的根在中国，在首阳山镇北边的那个小村子里。

庚子秋月于白马寺清凉院

爷爷

爷爷走的那年，我正在偃师的四高里学画画。那天下午，父亲让人捎信儿来，说爷爷病危。我便随便收拾了一下，去县城坐车回家了。

半夜里，爷爷咽下了最后一口气。凌晨四点多，我便骑了自行车，口袋里装了父亲给我写的条子，去县城的邮局，给我远在华阴的二叔、西安的大姐、三门峡的二姐，以及义马的大哥发电报。内容只有俩字：“速归。”

记得当时只有二姐在山西演出，没能及时回来，其他人虽晚些，总也赶上了爷爷的葬礼。

记得那天北山的坡上全是人，幡影晃动，纸钱飞扬，铅云欲泪，榆木含悲，一山都是悲哭之声。

爷爷是我的开蒙者，启智人。在我的记忆里，爷爷总是清裾华髯、文质儒雅的。虽粗衣乡里，但却从来手不染尘。他标志性的形象就是：眼镜，长髯，文明棍。这种形象，于村野乡邻间是极不调和的，但他却以宽厚仁慈，博取了乡亲的尊重。村子里不管谁家有了邻里纠纷、红白喜事，都要叫了他去，俨然一个乡绅了。

他是道统的维护者，当然，也是我家“书香门第”的传承人。所以他在家里有着无法撼动的地位。我不记得他干过农活，也没见他做过家务，吃饭时永远都是要双手将碗递给他的。当然也有一些趣事。听我母亲说，我大哥小的时候，爷爷就喜欢抱着他玩，大哥拉了尿了，爷爷总抖着一手一襟的脏物找母亲去洗涮，但并不生气，嘴巴里还会说着：“天伦之乐，天伦之乐呀。”

有一次，母亲和二姐在北地里干活，遇到了下雨，母亲忽然想起后院里晾晒的衣服来，便撒了腿往家跑，二姐还笑着说：“爷爷不是在家吗？”母亲边跑边回头道：

“你爷爷也能指望得了？”

到了家，看见早上洗过的衣服依然在后院的绳子上，在大雨中瑟瑟着，不由得恼怒起来，跑进爷爷的房间，见爷爷依旧拿了放大镜在悠闲地看书，恼怒又不敢言，一下子就委屈起来，坐在门槛上竟自哭了。

后来，二姐也问过爷爷：“下雨了，也不知道把衣服收了？”爷爷竟然说：“本来是收了的，想想不对，有了一次你们还会指望两次，自己的事自己操心，不能指望别人。所以我就又给挂上了。”一家人听了，也只有苦笑而已了。

其实，爷爷身上这点清高、酸腐、儒雅的性格，也确是有传承的，所谓“书香门第”的家风，当然也不是诳语了。

我爷爷的爷爷，曾是光绪年间的举人，昔年我家门口悬挂着的榜书“文魁”两字的匾额上，清楚地写着“乙亥恩科中式三十四名举人郭驯立”。这块匾后来一直蒙尘于我家后院的杂物间里，再后来，洛阳民俗博物馆征集匾额时，我亲自送了去，换了一张纸质的捐赠证书。据说，凭此证书，是可以免费进馆参观的。

我爷爷的父亲，书法绘画也是极精致的。我至今还保存有他的几幅墨迹，书法四条屏就挂在我虚堂的茶室里，沉稳静雅，不温不火，我是日日都要参悟的。另一幅绢本水墨淡彩的风竹，是和同僚的唱和，都是极雅致的。平日里藏于书柜，极少示人。

有时想想，爷爷这一辈子是可悲的，抑或是无奈的。他以一己之力在维护着道统的根基和家风之传承，却又在新旧社会交替的错缝中被挤得粉碎。他虽也努力过，然世道沧桑，他终究是个悲剧性的人物。

辛丑秋月于虚堂

一个人的修行

霍童镇位于闽东，是因了霍童溪而得名的。

百巷青屋，万家烟火，都被那一溪的水声串起。潺潺湲湲，袅袅娜娜，千百年绵延未绝。只是岁月的风凋敝了古镇的光鲜。败落是败落了些，但雅韵还是有的。

沿了溪畔的小路逆流而上，在古榕巨大的清樾里穿行。树干上都穿了厚厚的苔衣。藤萝那长长的须，挂地而起。叶缝间不时泻下的光，洒在身上，如金缕玉衣。三里许，便入得仙山佳地，但见青屏半露，云岚全出，四山围合，一水中流。梵呗起于云外，钟磬止于松杪。青竹半隐之处，绿蕉淡抹之间，有青舍一栋。这便是东山寺了。

第一次到东山寺，应该是2014年仲夏，唯见八根石柱（宋代遗存）、一间铁皮屋和一个出家人。门口那湾清溪横穿而过，阻了进出的路。所以要从远处坡角蜿蜒而行，辗转而入。

第二次到东山寺，八根石柱犹在，铁皮屋多了一间。有一个出家人和一只叫作阿黄的狗。清溪上也新架了小桥。

第三次光顾，原址上一切如常。只是在原址的下方，新起了一座白墙青顶的精舍。大门两侧的石柱上，竟用了我前次书丹的对联：东山果然佛地，禅寂原来洞天。

认识当如法师，是在他从湖北移锡霍童的当年。因了书法的缘故，我成了他的方外道友。从记者到僧人，他完成了身份的转换，从金泉禅寺到东山禅寺，他完成了心灵的回归。

法师是智慧的。他坚守的不仅是历史遗存，而且是出家人的本分。法师也是诙谐的。我称他“高僧”，他说：“中等身材，岂能算高？”我叫他“老僧”，他说：“我有那么老吗？”因他发心重修东山寺，除化缘外，还借了不少的钱，所以称他“贫僧”，他就高兴了。

《世说新语·栖逸》篇有记：“阮光禄在东山，萧然无事，常内足于怀。有人问以王右军。右军曰：‘此君近不惊宠辱，虽古之沉冥，何以过此？’”

今当如法师住锡东山寺，虽也有隐逸之志，然利乐有情，自觉觉人方为大乘正务。

去岁暮秋，我陪了法师在东山寺小住十日。每日里笔墨相酬，诗词唱和，品茗悟对，粗蔬同飧，倒也痛快，倒也少了尘俗中事。临别时，诗赠法师云：

依约闽山共赏秋，烟霞十里雨淹留。
锡声不度悬窗月，寒寺谁登望海楼。
精舍花笺诗做伴，禅堂清盏墨相酬。
与君暂别莲塘渡，轻折斜枝万语休。

我喜欢霍童山水，更喜欢当如法师出世即入世的独处状态。修行艰难，一个人的修行，似乎更难些。

己亥暮春草于如是精舍

一树箫声

认识宋歌时，他在北京的宋庄玩艺术，我在洛阳的白马寺里做文化。机缘巧合，我们成了朋友。每次去北京，总要约了老涛、肖汉，去他在琉璃厂西街的小店里喝茶，听他讲书画篆刻，还有看他穿了汉服，趺坐在地板上吹箫。他会吹各种的箫，长的短的，粗的细的，在他的嘴里，总能流出各种曲调来。或忧郁，或沉稳，抑或舒缓，但欢快的调子似乎少些。每到饭口，他总会指派他弟弟宋阳陪了我们，去东街拐角的小馆子里吃饭、喝酒，他却从未曾和我们同流过。那时候我就觉得他挺怪的，身上有股子仙气，不同于我们这些娑婆红尘里的俗人。只是不知道他的这种神仙之气，是先天具有的，还是后天修来的。

后来，听说他出家了，到皖南查济古村的半山上安庐结庵，独自修行去了，并取法名“一音”。初听还是有些惊讶的，但过后想想，这许是他个人的因缘吧。

此后经年，再不曾有半次的晤面了。但从微信的朋友圈里，倒也未断了彼此的消息，感觉上也从不曾有丝毫的疏离。

今岁的仲春，我与黄建兄相约了一起回温州，忽然就想起了一音法师。赶紧铺了地图查看，竟然也算顺路。于是便与一音法师约了，在他的一音禅院里一晤。

春日的皖南，正是“杂树生花，良苗怀新”的时候。沿路的景色是绝美的。鹅黄色的油菜花，开在绿的麦田和白的民舍的墙角，一片一片的，如轻快的水彩画，亦如舒缓的散文诗。风是湿的，树是湿的，自然，空气也是湿的。

出泾县往东，不足百里，便是著名的皖南古村落查济。但见粉墙黛瓦，间于云山烟树之间；溪流炊烟，盘桓深巷青舍之中。石径幽深，拱桥连翠，高大的马头墙上的龙檐，直入青天白云之上，果真有“墨染青山云弄纱，轻烟微雨柳风斜。高墙粉黛桥边树，石径悬廊篱上花”的况味了。

从湿滑的小巷里穿过，仿佛穿越了千年的时空。山路是愈发的窄了，也愈发的曲折，但路面因了新修的缘故，状况却还是好的。终于在太阳半沉的时候，车子停在半山一个路边的空地上。

一音禅院到了。

说是禅院，实则是一涧清流，半坡山居。只是着意修葺的门窗檐角、木桥石径，以及篔筜临水、云树掩关处，无不生发的一种禅意，才让我深信，这就是一音法师修行的禅院了。

正恍惚间，见对面山坡上一袭灰衫飘然而下，一只黄犬忽前忽后地随着。从那飘逸的瘦弱的身形，我一下就认出了，那就是先时的宋歌、当下的一音法师来了。拱手问询间，一音法师已拉了我的手说：“十年没见了。”我说：“十多年了。”

过了小桥，一路拾级而上。穿过几个石门，门头上间或有一音法师亲书的“应无所住”和“无上清凉”的法语。短墙粉白，檐瓦青黛，无不保留着皖南民居的风格。只是远山空蒙，近树传声，又多了一种自然的山野之气。

一路走着，一路聊着，不觉已抵达最高处的茶寮了。这里是一音法师的待客之所。一架壁炉，一室茶香，茶叙间，才知道法师出家的因缘和出家后的艰辛。不觉间，一缕残阳从北窗挤了进来，铺洒在茶案之上，暖暖的。我知道已是黄昏时分了，便问道：“山上能住吗？”法师说：“住是能住的，只是蚊虫多，怕你不惯。”又说：“我已在山下的村子里给你们订了个民宿，主人是我的朋友，只管住就是，很方便的。”见法师已然安排就绪，自然也无法拂了他的意思，只好说：“好吧，但还是想听听你的箫声。”

没想到法师竟兴奋起来了。“好的。”他边说边起身，“去禅堂吧。”

禅堂在半山的一个隐蔽之处，室内是全实木的装修，中间供着释迦牟尼佛的庄严法像。我们席地而坐，一音法师则趺坐蒲团之上，操管而鼓。一时，箫声如缕，时而如春风化雨，时而似秋风凋木，仿佛是天籁之音，又若是溪间清流。

下山的路上，风在松杪间流动着。我却依然觉得，那不是风声，分明是一树的箫声了。

夜宿查济，久久不能入眠，遂振衣而起，填《蝶恋花》一阕，记之。

莫道春山无觅处，细雨轻寒，烟锁寻禅路。
故旧重逢浑未疏，分杯聊作樽前赋。
石径通幽连磬鼓，旧阙新墙，香续云中树。
半涧溪声担夜雨，箫声枕月空帘户。

辛丑夏月于虚堂

兄弟

我属兔子，学平也属兔子，但并不在同年，已是相差了一轮的兔子了。所以我总是羡慕他的年轻，他的激情，还有他的风风火火。

认识学平，是2006年的初秋。那一年，我们一起入了中国书法院的高研班，一起在北京学习。有一天，我喝多了酒，就在宿舍楼的值班室里给值班的大姐表演倒立酒瓶，怎么也立不好。学平回来时见了，二话没说就背我上了楼。后来说起这事，学平说："我不能让哥把人丢到京城里。"再后来，我就把他当了最近的兄弟了。

学平大学时学的是文秘，后来在郑州的古玩城里开了个店面，专营名人字画。许是浸润得久了，耳濡目染间，竟也成了书家。店里有于右任的作品，就学于右任，店里有启功的作品，就学启功，虽是兼收了诸家的所长，但终未追及古意，终未得其法度，也终未能入得书法之堂奥。

学平是个极聪明的人，于此彷徨间，偶得蹊径，从此便道心坚固。从“二十品”入，自《张迁碑》出，遍临碑帖，统览书论。了然周星莲“学诗如僧家托钵，积千家米煮成一锅饭”之道，又深悟康有为“吾谓书法亦犹佛法，始于戒律，精于定慧，证于心源，妙于了悟，至其极也，亦非口手可传焉”之妙得。碑入帖出，幻化心境，终成一位书家。其中困惑与磨难、纠结与忧郁，能有几人证得？

终究，学平还是个随性之人。前几年去郑州，与学平和汪洋共饮。酒后与学平在宾馆畅叙，夜阑时，胖子在微信里说，他在重渡沟。学平便提议说：“去吧？”我竟也欣然而允了。于是星夜而往，经四小时而至伏牛山中。见了胖子免不了寒暄与激动。待至天亮，回想是夜疯狂，不禁懊恼与后怕了。后来给爱人说起，只说我也有过年轻人的冲动，有过说走就走的疯狂。

学平好朋友。那一年，他在白马寺释源美术馆做个展，省里省外来了百十号的人。郑州的一个老板往酒店的吧台上先放了一万元钱，说是多退少补。国军从西宁专程开了车来，拉了十箱的青稞酒，场面之大是我从未曾见过的。

每年的初春，林多都会从成都来。一定是先去了郑州，在学平处流连数日，再由学平开车到洛阳，接了我一并进山。每次都是学平跑前跑后地安排。白天，我和林多出去写生，学平就依了客栈的窗下写字。晚上，三个人一起点评。我们的写生往往说得少，学平的书法却是我们必论的。我说："恣肆了很多，自由了很多。"林多说："山野气十足。"

人老了，总是需要做些减法的。删掉一些无益的圈子和疏远的人，只保留可以相濡以沫的朋友，也免了无谓的应酬。朋友是有"三益三损"之说的，正如孔圣人所言："益者三友，损者三友。友直，友谅，友多闻，益矣。友便辟，友善柔，友便佞，损矣。”兄弟也应该如此吧。学平是直谅之友，是益友，是我希望能相处到老的那种兄弟。兄弟勿多，三五足矣，有兄弟在，就不会孤独。

庚子暮春于虚堂

画外话

建杰兄善饮酒，我也有同好，所以，便也常常能晤面的。不管是三五知己的相约小酌，还是别家宴席上的不期而遇，我俩总是相依而坐。只是建杰兄量大些，我则属浅尝辄止之徒，故而，常常不能使其尽兴了。

建杰兄入得宴来，亦如孙悟空回至花果山，大有“我之地盘我做主”的霸气，又有“谁敢横刀立马，唯我李大将军”之豪横。往往在“谈笑间”，一桌的人便都“樯橹灰飞烟灭”了。

俗话说文如其人，艺亦如其人。在艺术上，建杰兄同样自信满满。我知道，这份自信来自他深厚的家传，和扎实的童子功。所以他能于书法，五体兼备；于丹青，各样皆能；于诗词，虽耽于“平平仄仄仄平平”而不得自如，但于经典段落的背诵，还是常让我惊讶不已。

对于艺术，建杰兄一贯是认真的，如戏剧舞台上的角儿，一招一式都大有来路。这一点，我就自愧不如了，因为我只是兴来时的偶尔涂之，所以最多也就算得是清晨时公园里闲聚着的票友，偶尔喊上一两句西皮或者二黄，过过瘾罢了。

记得一次在广东做文化交流，要大家联袂画上一张八尺的牡丹。建杰画花头，建京画枝叶，阿丹配闲草，我便只有点花心的份儿了。私下，他们都笑称我是“戳心儿份子”。我却高兴得紧，大有票友登台的感觉。

前几日，建杰兄与刘永来小酌，才知道去岁的疫情期间，我只是喝酒睡觉看电视了，然建杰兄却笔耕未辍，竟画了近百张习作。从其手机的图片里可以看出，其画作云烟浸润，苍然一派；远峰相揖，近水潺湲，石径有可游之处，茅庐乃可居之所；空船明月，无不归置得当；古渡荒津，无一突兀之感。于是便答应，待他展览之期，必为他写点文字，以壮其展事之威。

但让我这一画坛票友去评说一个角儿的艺术得失，显然是勉为其难了。那就说说他台下的事儿，说点画外的话，既算是对建杰兄的敬意，亦算是勾了所欠老兄的文债吧。

辛丑春月于虚堂

雨声如磬

入秋以来，连雨经旬，绵绵未绝，晴日就尤觉得少了。志军说：“天漏了。”我也深以为然。

晨起，冷风入袖。听窗外雨打梧桐，淅淅沥沥，急缓有序，如泣亦如诉语。临窗远眺，城郭混沌，茫然一派，北山失度，南浦迷津，楼台巷树，竟也被云遏烟锁了去。俯瞰方庭，梧木含露，竹叶生黄，先时还绚烂如晚霞般的一树榴花，亦是红雨纷坠、残腻随波了。

其实，我是喜欢雨天的，亦如李清照的诗：“枕上诗书闲处好，门前风景雨来佳。”总觉得晴日浮浪，而雨天易思，易思必然沉静，沉静则生智。正如了佛家三学——由戒入定，以定生慧。智慧可防非止恶，息虑静缘，以至有破惑证真之效。所以，我对雨天的喜爱，也是自小就具足了的。

小时候在乡下，每遇雨天，我必半卷了竹帘，坐观于门槛之上，听雨于宽檐之下，看雨打梧桐，也看流檐飞珠。见檐下石板有坑，就听爷爷讲水滴穿石的妙用。但耳边总想起白居易的《琵琶行》来："嘈嘈切切错杂弹，大珠小珠落玉盘。间关莺语花底滑，幽咽泉流冰下难。"便觉得特别贴切。白居易从琵琶声里听到了乱雨声，我则从雨声里听到了琵琶语，其中况味，岂不微妙而不可言哉。

福建宁德的东山寺，是我道友当如法师的修行之地，故这七八年来，我是年年必去的。前几年，他在旧址的下首盖起了一座三层的禅寂院，条件是好了许多，有专门的佛堂、茶室、寮房。但我还是会记得第一次去的时候，东山寺只是三幢从别处工地上化缘来的铁皮房，一处做了佛堂，一处做了法师的茶室兼寮房，另一处便做了客房。秋日的黄昏，细雨连绵，烟雾缭绕，云层压得很低，鹫峰亦如空中泡影，若有若无，如梦如幻，甚是好看。至晚，茶叙过，客宿铁皮房中，听雨声淅沥，亦觉清妙。至三更，夜雨尤甚，房顶便如炮轰仗鸣起来了。正如陆游诗语“夜阑卧听风吹雨，铁马冰河入梦来”，旋而又缓，叮当有声，如寒寺磬鼓，亦如露打秋蛩。忽然就想起了先时在白马寺所听过的法语梵唱来，急缓有序，妙音清空，实非凡间丝管之韵，疑是仙界摄魄之声了。

在白马寺的后院里，也有一绝妙去处——莲舍。临水是一个宽大的木制露台，半悬于莲塘之上。莲塘如镜，云影尽揽，夏日里，圆荷半举，浑如碧波弄翠；红苞尽放，势若云鬓华簪。况有青苇四合，白鹭几点。清幽如此，胜过仙界不知几何了。前几日，偷闲又去了一次，正是秋雨绵绵的日子。举一把雨伞，沿了用老磨盘铺设的石径蹒跚而行，路边的野菊花倒是还精神地开着，竹叶的尖芒却已明显开始泛黄了。行百米，见一孤松迎迓于蓬茅之下，两三怪石兀立于草坪之中。转身竟入，穿过莲舍的宽檐廊道，豁然开朗处，便见半亩枯叶，一塘剩水间，雨脚跳珠，涟漪相环。凭栏四顾，云昏烟暗，耳边却是无尽的霏霏之声和潇潇雨韵了。俯瞰塘下，枯梗犹直，焦叶半卷，残影入水，竟如秋日独有之音符，夏华不意之绝唱。归座檐下，听风破寒林，看雨挂檐口，竟不胜唏嘘起来。想昔时荷塘盛况，看目下衰苇败景，也该是自忖、自思、自觉的时候了。四时有序，生死无常，临水自照，我也已是白首苍颜的年纪了。在人，行将耳顺，在时，也该是深秋的季节了吧。

归来，犹自伤感不已，随口占七律以记。

每见衰荷便见秋，秋风秋雨使人愁。
香岚未识清凉地，寒磬声穿钟鼓楼。
胜景繁花归泥下，残塘败苇做春筹。
苍颜水镜方知老，羡却江湖范蠡舟。

很小的时候，就读过蒋捷的词：少年听雨歌楼上，红烛昏罗帐。壮年听雨客舟中，江阔云低，断雁叫西风。而今听雨僧庐下，鬓已星星也。悲欢离合总无情，一任阶前，点滴到天明。

如今再读，竟也合了我现时的心境了。

辛丑秋月于虚堂

老岳父

岳父走得很突然，但又在家人的意料之中。

这是因了他年届九秩的寿域，以及两年来卧床后渐次衰弱的生命体征。仿佛一盏灯，无关它曾经的光亮，在油尽灯枯之后，毕竟是要熄灭的。人生一世，草木一秋，大抵也是执拗不过的规律，生老病死，亦如花开花落，究竟才是人生的圆满了。

办完后事的几天里，我常常凭窗北望，我和岳父半世的情缘，总如瓯江江面上的渔火，抑或是隔岸古刹的钟声，忽明忽暗，若有若无的挥之不去。

1987年的暑假，我和女友在沪上分道，她回她父母所在的温州，我则独往浙东的石塘镇写生。并相约十日后在温州相见，一同返校。

初居海岛，一切都是新奇的。然心是热的，海风却是凉的，没几日便感冒了。看看离相约的日子也没剩几天了，便决定提前赴温。

记得那天起得很早，太阳只在远礁的后面刚刚铺洒开一抹淡淡的红晕，我便坐上了开往县城的汽车。在温岭县汽车站倒车以后，经雁荡山、乐清而至永嘉的六岙码头时，已是日过正午了。

及至轮渡过了瓯江，一上岸我便傻了眼，女友给我留地址的便条，不知何时遗到了哪里。无奈，只好坐在码头的石阶上发呆。忽然想起一种记忆，即看到便会想起来。于是到街头的小店里买了一张温州市地图，细细地研究起来。还别说，这招真管用，我从所在的安澜码头往旁边推移，一下就找到了永东路。然而从头走到尾，竟也不知几门几号了。

辗转许久，终于在女友父母工作的厂子里见到了她的母亲。她母亲说："你是小郭吧，快洗把脸，歇会儿，你叔一会儿就来上班了，让他送你回家。"站在镜子前，看着自己一脸的烟尘，满目的窘相，想想这一路的颠簸，差一点就哭出声来。

她父亲进门的时候，我一眼就能认得出来：个子不高，微胖，少语，眉目间的神韵，像极了我的女友。坐在他的自行车后座上，我就想，这就是我今生的岳父大人了。

翌日，我要去丽水的云河县做社会实践，还是他骑着车子送我。临行的时候，他从柜子上一个装过饼干的铁盒子里摸出几包红彤彤的中华香烟，塞进我的行囊，说："家里没有抽烟人。"

半路上，我迫不及待地拆开，抽起来，才知道这烟不知道放了多久，已然发霉了。但我还是很感动，没舍得丢弃。

返校的那天，还是他推着自行车送我们去的码头。那天，天旷云低，我们站在船舷上回望码头，他就站在正午的阳光里，一动不动。那种眼神，是我在三十年后，送女儿远赴日本留学，站在机场的安检口，看女儿渐渐隐去的背影时，才体会到的：担心，怅然，忧虑，不安，孤独，抑或还有些许的无奈。

1988年大学毕业，我和女友双双南下。女友在大学里教书，我在街道办的公司里做设计，而后结婚，一切井然。日子虽平淡，但也温馨。岳父每天忙里忙外，中午一定回来给我们做面条。他知道北方人不惯南方的泡饭，所以每天早上都要给我做一碗蛋炒饭。有我女儿那年，我正在北方做工程。岳父岳母双双退休，担起了照顾我女儿的重担。

岳父一生俭朴，每次出差都会让我骑车接送，从不肯花钱打车。买菜也总捡些不太新鲜的买，为这事没少挨岳母的埋怨。

后来，因工作的关系，我和爱人又回到了洛阳。岳父很失落，但也从未当面表达过不满。只有和老朋友在一起的时候，才会愤愤然骂我道："那就是个骗子。"

岳父年老的时候，我和爱人常回去看他，也常带他来洛阳小住一段。岳父爱吃零食，每次来洛阳，爱人总是买好不同的东西放在床头，放在客厅的茶几上。他还喜欢喝洛阳的牛肉汤，喜欢吃洛阳的面食，还喜欢路边卖的垛子肉。总是买了放进口袋里，边走边吃，像极了一个孩子。

岳父八十岁以后，喜欢上了画画，并在老年大学里报了个学习班。每个周末都会按时去，晚上也会认真在家里涂鸦。不过我真的不敢恭维，一个理科男要当艺术家，哈哈。但我们都哄他说：画得真好！

如今，斯人已逝，往事如烟。我知道这缕缕的轻烟终究会散了去，但他在我心中留下的影像，重重叠叠，却很厚，很重，亦很清晰！

忽然有一阵风从窗户的缝隙里溜达进来，凉凉的。举头看去，一天的繁星挂在黑色的天幕上，一闪一闪，宛如是一双双的眼睛。

忽然就想，一定有一颗是属于岳父的吧。他就在空中望着我们，亦如往日般，护佑着一家人的平安。

壬寅岁暮于虚堂

舅舅家的河

舅舅家门前有一条河。夏日里水很大，河面也很宽。到了秋末，河面就会渐次消瘦下去。严冬来时，河面上会结上一层厚厚的冰，像极了一条被冻僵了的蛇，匍匐于衰苇败草之间，一动不动，以待开年时的暖风。

我问舅舅：“这是啥河？”

“洛河。”舅舅说。

“从哪儿来？”

“洛阳。”

“往哪儿去呀？”

舅舅便茫茫然向东望去："巩县（现巩义市）吧。"

舅舅家就住在洛河的北岸，大门正对了河堤。大门与河堤之间，是一条四五尺宽的乡间土路。跨过小路，三五步就上堤顶了。小时候，随母亲去外婆家串门，吃饭时，母亲总会陪了外婆、舅妈在家门外的石阶上吃，我和表弟们便会随了舅舅，端了饭碗到堤顶上吃。堤顶不算宽，但内堤却很深。河滩里荻花星落，榆杨翻绿，河水弄波，高柳鸣蝉，堤岸上时而掠过的风也是微凉的。远远望去，大有"烟川十里锁清嘉，隔岸柳风弄碧纱"的朦胧感。说也奇怪，前次来时近及脚面的河道，如今却渐次地远遁了。舅舅说："河水随了沙土的松动，会渐次冲移，这叫滚河。以水为界，河在北岸，河滩地就归河南的二里头村种，河滚到南岸，河滩地则归我们村种。但滚河是无矩可循的，所以两岸为争地而械斗的事，隔几年就会有一次。"

俗话说："外甥是舅家的狗，吃完抹嘴就走。"我却是"吃完也不想走"的主。所以常常是随了母亲来，隔几天才被舅舅送回去。特别到了夏天，我便会成了舅舅家的常客了。

舅舅总会在农闲的时候，带上我和表弟们去河滩的洄塘里摸虾逮鱼，偶尔也会收获些小蟹之类。回家让外婆裹了面炸了吃，香得直流涎水。逮王八是个技术活，有专门的杈子，须沿了水边的沙滩走，看见有冒泡的地方，一杈子下去，往往就会有收获。我时常见有人背个藤篓，拿了杈子在河边晃悠。

有一件事情舅舅是定了规矩的，那就是没有大人在场，绝不允许下河凫水。这一点我也清楚，水边长大的孩子，水性都极好，而我从北山来，属于旱鸭子，别说凫水了，下水都觉得紧张。但舅舅也会时不时地带了我们去浅水的地方耍耍，也挺好。

有一次，我随了表弟等几个同村的孩子们，去河对岸的四角楼村卖羊屎蛋，去时负重，是坐了船的。回来时一身轻松，便有人提议游回来。只是考虑到不会水的旱鸭子的我，有些为难。最后是一边一个，拖了我凫水而回。一上岸，我便虚脱般瘫坐在沙滩上，至今想来，还有些后怕。

舅舅村子的西边有个古渡口，常年泊着一只木船，不算大，也不算小，是用来摆渡南来北往乡民的工具。它不是摇桨的那种，亦不是机动的，而是在南北的滩地里埋两根木桩，中间连以钢索。摆渡时，一个牵拉钢索，一人在后面掌橹即可。

当年，二姐远嫁南岸的北许村，母亲在家哭过一场。想想便觉可笑，总共不到十里的路，怎么算是远嫁呢！母亲说："宁隔千山，不隔一水呀。"二姐结婚的头天，姐夫家的人从这个渡口过河，来我家拉走了嫁妆。翌日，我和父亲、大哥等一众本家送二姐出门，也是经的这个渡口。那天只觉得船上人很多，天很蓝，船行却很慢。我就一直牵着二姐红色嫁衣的襟摆，久久不肯撒手。

舅舅村子的东头，有一个土地庙。每年的正月初九，这里便会起庙会。听母亲说，那是一年里最热闹的一天了。家家出了门的闺女都会在这一天赶回娘家，以睹盛况。因了这一天的人最齐，所以春祭的上坟也都会定在这一天，一来二去，便也成了定例。我虽没见过土地庙的样子（"文革"中已被拆除），但每年正月初九的祭祖，我倒是常去的。

如今，时过境迁。舅舅家的村子也因首阳新区的开建而烟消云散了，几个表弟表妹也都住得七零八落的。但每每回偃师，我一定会从舅舅家门前那条新修的堤顶公路上经过。虽没了可以泊靠的渡口，但记忆犹在，风景犹在，还有那汤汤东去的一湾河水，方向始终也不曾改变过。我还知道，那河水的目标也绝不是巩义市，而是更深更远的大海。

壬寅岁暮于虚堂

匆匆又过几重山

返岸欲登车，却发现堤坡的边上，竟有四五簇野菊花，于暮秋的肃杀里，于衰苇的萧瑟中，于夕阳的微光下，正努力地绽放着自己的颜色，努力地宣示着自己的存在。

又见骊山

当年在临潼读中学的时候，骊山下的华清池是常去的。放学后不愿意回家，总是三五同学结了伴，去华清池里看风景。那时候华清池还不叫华清宫，园子很小，但雕梁画栋的，却也精致。九龙池占了很大的地方，池畔是一色的柳树，丝绦很长，大半已入了水中。有风来的时候，便见丝绦轻舞，波纹开张，荷叶翻飞，绿偃红披，直如陆龟蒙“暖殿流汤数十间，玉渠香细浪回还”的春趣了。我们总喜欢攀了玉雕石砌的龙头嬉戏，也喜欢在水榭间的花廊里追逐。偶尔也会沿着五间厅窗后的石径，入了松桧相杂的密林，直到那高悬于青岩之上的石亭——捉蒋亭里。“捉蒋亭”如今已改叫“兵谏亭”了。在此稍作喘息，再由那亭后的石缝里攀爬而上。便见高天旷日，林木森然。路尽处，有土屋一间，残垣四围，荒草盈门，旌幡半落。这便是骊山第一峰上的老君殿了。

烽火台高矗于第二峰的峰顶，只是远远地看过，却是不曾登临。但“烽火戏诸侯”的故事，也还是知道些的。

那时候年轻，只缘身在“华清之宫骊山足，玉殿千重相连属”的胜景里，但于“良夜颐宫奏管簧，无端烽火烛穹苍。可怜列国奔驰苦，止博褒妃笑一场”中的无奈，以及“云鬓花颜金步摇，芙蓉帐暖度春宵。春宵苦短日高起，从此君王不早朝”中的绵绵长恨，却是无法体悟的。

今岁暮秋，我再客骊山。听说骊山后山里通了公路，于是就约了志新和建民兄，驱车去了。

出得东峪，一路蜿蜒而入，盘旋而上。但见云树擎天，青岩含润，苍峦迎送于前，溪声潺湲于后。三五里，至一风亭所在。遂弃车步行而上。凭高远眺，见天际无界，渺茫如在蜃楼。北尽渭川烟水，南览秦山秀峰。灞桥岸柳，蓝田云树，无不在列；如洗长天，拥雪云絮，俱可手揽。下看骊山，却也奇峰错列、野壑纵横了。又前行三里许，见路旁村舍错落，鸡鸣犬吠递送，入口处却是青竹盈户，篱菊盛开，竟如了世外的桃源，便知是一清闲之处。入村停车，便见有老妪从柴门里蹒跚而出，问：“喝水不？”原是与建民兄谙熟的。于是就摆碗石磨之上，围坐青藤之中。茶虽粗些，但有了桂馥之气，倒也清香可口。村舍里人烟稀疏，畦笆有序。柿子树上红灯高挂，竟无人采摘。枯枝败叶之间，尤显秋意肃杀。少时，谢过老妪，驱车再行。不几里，便是骊山最高峰了。

许是道家要“上承天露”的缘故吧，人祖庙便高矗于峰顶的高台之上，需沿了侧面砖砌的步道攀缘而上。柴门嫌小，木檐青瓦。“人文始祖”四个金色大字，清晰可辨。入得山门，因正在修缮的缘故，所以杂乱无了章序。正殿里供奉着伏羲、女娲，左右各供炎、黄二帝。铁铸兽炉，倒也香火弥天。偏殿更小些，因锁了殿门，所以也不知是何神所在。据说人祖祀庙，全国共有三处，一在河南，二在山西，三就在骊山。山西的我没去过，河南淮阳的太昊陵我是去过多次的。相比于此，那不知要浩大了几倍。

出山门右转，是一个观景的所在。态以远生，意以远韵，孤标秀出，云烟渺然。红叶点缀苍林，黄英尽染秋山。天高云淡，顿觉心旷而神闲了。再看烽火台，就在脚下，就在云间雾里。一时就恍惚起来了，同一个景观，同一个故事，角度变了，味道也就变了。

午时归城，夜宿骊山脚下，辗转竟难以成寐。骊山前山的宫苑与后山的农舍，前山的春景与后山的秋声，前山的秀媚与后山的旷野，究竟注定了骊山的前世今生。正如这季节的轮替，春去秋来，生发灭度。千年之约，如未曾变过。

己亥秋暮于如是精舍

山雨陶湾

老涛从景德镇来洛，是因了他陶印上三彩釉的事。不巧的是，我那专做三彩复制的朋友外出，我就带他去了栾川的山里纳凉。

虽说是过了立秋，三伏的天依然闷热。一路上，日光如火焰般灼目。直至过了县城，空气里才开始有了些许的凉意。入山三五里，忽见一团黑云从天边直压过来，只见近树，不见了远山。旋即，便有豆大的雨点稀疏地敲打着车顶，渐次快了，渐次便如瓢泼盆倾般泻下，在车前的青黑的柏油路面上，溅出一排排银色的水花，像极了银色的莲。

一步一莲，就在这一路的水花的导引之下，我们入住在陶湾的“山乡云居”。因为我前次曾经小住的缘故，所以谙熟些。三层朝外的房间是有露台的，露台虽不算大，但能观景，亦可以喝茶，足了。

站在露台之上，在时急时缓的夏雨的帘幕里远眺，乌云与青岚交合，烟霭与雨丝纠缠，远山便隐入混沌的烟雾里。只是偶尔的云动，才会露出依稀的轮廓，霎时又不见了踪影。烟雨飘摇，云树飘摇，娑婆世界里，一切都归于了虚空。

天地混沌，鸿蒙未开。

忽然，苍然的远天之上，罅隙一线，一如炉膛新火，渐次明亮开来，万道金光喷薄而出。云敛于峰后，雾收于窗前。峦气浮浮，烟霞忽忽。顷刻万状，倏尔千呈。雨也渐次小了，只有零星的檐水零星地落在那一丛芭蕉的叶上，发出点滴清怨的声来。

我便循了溪流的欢声，入了幽冥的涧底。就在那半坡之间，忽然想起童年时夏天的趣事来。

老家的夏天，常有雨。雨大的时候，就会有山水顺了北坡的土路滚滚而下，如江如河。在北寨门的外面，跌入古寨壕形成的塘里。雨再大些，也会漫过寨门，入了街巷。街巷便成了小溪。小孩儿是不准出寨门的，只有在自家门口的“浅溪”里嬉戏。直到弄了一身的泥水，便在家长的呵责声里，灰溜溜地各自回家。雨过天晴之后，又会结了伴，顺了北坡那半干半湿的土路，去拾那新发的地皮菜。回家包了包子或饺子吃，味道是极鲜美的。

此时这幽冥的涧底，竹林半湾，荷塘半湾。从苍岩上泄下的或明或暗的细流，终究汇在一起，顺了岩壁的走向，一路而下。这一涧的清流，究竟是要入了伊河，入了黄河，入了大海的。

雨后的石径，湿滑难行。忽然听到几声犬吠。隔了竹林隐约可见的几方青舍里，炊烟初升，袅袅娜娜。该是晚饭的时候了。

出了涧口，看见我们居住的三楼的阳台上，已经有了晚霞的颜色。

一夜未眠，不是因了山风的清冽，而是窗外那一溪的涛声，彻夜未曾停过。

翌日，吟七律以记。

百丈苍岩百丈烟，凭栏微雨锁青川。

云岚幻化无常态，风竹飘摇类凤鸢。

一梦空山飞白鹤，三更溪语唱诗篇。

花廊遥对松间月，半似闲心半似禅。

己亥秋暮于如是精舍

石塘印象

1987 年的暑假，我以写生的名义，随外语系那个漂亮的女生去了上海。而后，我送她在十六铺码头坐了上海至温州的船回家，我则从曹家渡码头登船，去了温岭县的石塘镇写生，并约了时间在温州会合，一同返校。

第一次坐船，既没有朱自清与俞平伯同游秦淮河的闲适，也不比少时去二姐家所坐摆渡的野趣。船很大，有三层的仓舍，也是分了等级的。我那时还是个穷学生，自然是坐了船舱最底部的通铺里的。底部的船舱是没有窗户的，应该是在水平面以下吧。于是我便登梯上楼，俯在三层船舷的栏杆上，看城郭渐远，海岸渐远。风也开始渐渐清冷了起来。四望海天，苍然一色。船随了波浪的摇晃而摇晃着，心也在新奇和恐惧之间摇晃着。只有那一群白色的海鸥，在船后翻起的浪花里，追逐着，舞蹈着，悠扬而轻舒。它们旋而隐于水中，旋即又如云箭般直入了长天的云里。夜幕落下时，海面倒是安静了许多。远礁如魅，偶尔有其他的船桅上闪着的灯光，便映了一天的繁星，幽冥而诡异。

翌日晨时，海轮泊于温岭码头。红日初升，万道霞光就在这港湾的万杆樯橹间铺散开来。

石塘镇位于玉环岛北面，三面环海，是个半岛。入海最深的一角，便是小箬村了。村子里住户不多，石墙，石屋，石路，一切都是渔村的味道。沿了光滑的石径，在礁屿与民舍间穿行，家家的檐下都晾了各种鱼干。海滩不大，但总是有三五个妇女在晒网或者补网。男人大抵是出了海，所以小岛上很少见壮年的男人。偶尔也会碰见一二，一定是依了老屋，或躲进大树的清樾里，抽着烟闲聊。

小岛上的食物主要是海鲜。各类的鱼和各种贝肉，以清蒸为主，佐以料酒、生抽、姜丝和蒜末，清淡鲜美。我最喜欢的还是蛏子和螺丁，但这两样还是爆炒的好吃，入味，更符合北方人的习惯。

那时节，和我同住的，还有一个上海大学美术系的老师，画油画的。画油画比较烦琐，所以他每日晚间都在房间里钉画框，绷画布。翌日，在早饭后背了框子出门。我画速写，所以轻便些。

傍晚时分，我喜欢沿了礁石的边径，去看那一湾的归船。千帆收尽，万樯林立；洲汀岩岛，向背离合。青树交萝，碧藤纠葛。又见家家炊烟掩映青舍，户户鱼香冲怀罥袖。登高望远，正夕阳残照；远岛近礁，出没烟波。正如“落霞与孤鹜齐飞，秋水共长天一色”了。

待夜深时，便见星斗错落，孤月独明。忽然想起那句有名的诗来：“海上生明月，天涯共此时。”不知道此时的温州城里，那个和我相约了的女生，是否也在望月幽思？

听说现在的石塘镇是繁华了，建了曙光园，成了著名的景点。当年那个朴实的渔村，恐怕再也没了昔年的安静和闲适了吧。

己亥秋日于虚堂

太行遗梦

林多从重庆来，照例是先到了郑州，在学平处流连几日后，再由学平开车来洛，接了我，再一同进山。

三月的太行山，乍暖还寒。随了当地的山民，从王莽岭停车场一角的山洞口进入，一下便入了那雄险奇绝的挂壁的悬路之上了。山石嶙峋，圭角四出，天光从一侧的悬窗处涌进来，洞里倒是敞亮的。只是那突兀的石缝间，不时浸出水珠，路面就尤显湿滑些。我们只能小心地前行着，偶尔也瞥一眼悬窗外的风景。只觉远山如黛，近峦如削，似乎还有淡云轻烟，蒙蒙然便如心在虚空，身在幻境了。出得悬道，忽觉豁然开朗。于是驻车宽径之处，徘徊陡岩之间；神游形表，流目四瞩，风景竟也如了慧远法师《游石门诗序》里所记：“霄雾尘集，则万象隐形；流光回照，则众山倒影；开阖之际，状有灵焉，而不可测也。”

及至昆山，已是傍晚时分。夕阳从西边的峰峦间悠闲地滑落下来，松杪间、瓦舍上一下子就有一层淡淡的、暖暖的光铺洒开来。犬声迢递，炊烟漫流，倒也是山村该有的景致了。

照例是入了村头小郝家的客栈。因为我们是常客，所以也就免了许多的客套，也不用特别的叮嘱了。

晚饭说不上丰盛，但也算得上可口了。香椿炒鸡蛋，小野菜炒肉丝，麻婆豆腐，还有炖了半日的土鸡。玉米糁熬得黏稠润滑，黄澄澄的。拿了自带的酒，邀了小郝一起畅饮。及至半酣，月亮也已半悬了，便循了山林的涛声，沿了村边的石径，一路散漫地踱去。月光如水，静静地泻在村前的崖壁上，脚下的深谷里却也灯火通明。我知道，那就是南坪的所在，在南坪东边的那道山梁的背后，也一定就是郭亮了。

匆匆又过几重山

想起郭亮，思绪一下子就飘忽起来。三十多年前的初识竟也历历在目，一下子清晰如昨了。

1985 年初春，我和同班的同学们一起去太行山写生。记得是在辉县县委的招待所里小住了一晚，翌日，由冯瑞霖老师带一组去了石板岩，我们则由李文绚老师带队，乘了县里专派的车，一路向了西北的方向，去往崖上人家的郭亮村。午时，到达沙窑乡的所在，车是不能前往了，所以就住了下来。沙窑村就在太行山的脚下，乡政府和附近的村子里所有的建筑，多是用了各色的岩石堆砌而成，连村中的小径、溪上的小桥，也无不是石砌而成的。西边那巨大的赤色的断崖，雄壮地矗立着，山风忽来，四围便如海啸般轰响。

乡政府里的人都很热情，听说我们要去郭亮，便争抢着给我们介绍起来。原来，郭亮村处于太行深处，与山西省只一山之隔。村子里的山民们，世代与外界是近乎隔绝的，只有一处形同天梯的步道与外界连着。前些年，由村干部带头，村民不分男女，不分老幼，累年奋战，硬是从崖壁上凿出了一条悬道，也成了当世的奇观了。

三日后，我们便徒步而行，沿了那幽深的挂壁的曲径，往郭亮进发。公路是依了山势开凿而成的，只是破开了外侧的岩石，就如同开了无数的悬窗，所以就有了人浮半空的感觉。一路盘桓，一路惊喜，终于在傍晚时分到达山路的终点——郭亮村。村支书已然接到了乡里的电话，早早地就等在村口了。还有一群半大不小的娃娃并排地站在高高的崖头上。“欢迎欢迎，我姓申，先住下先住下。”申支书表情木讷，语气谦卑，典型的山里汉子。

大队部是个石头砌的两层的房子，我们就住在二层的阁楼上。吃饭则由村子里统一分派，一家一家地轮替。钱和粮票的数字，已是记不得了。但我知道，在那些年的乡下，也只有公家的人才可以有这般的待遇。

白日里，我们就满村满山地跑着画着，晚上就各自缩在被子里，轮替了讲故事。山里人农活忙，吃饭总没定时，有时饿得发慌了还不见人家来叫。文绚老师就教我们打坐，数数，却总也不能入定。听到外面有一点响动，便全都睁了眼，齐刷刷地往屋子外面看去。

匆匆又过几重山

山里人都实在，每次换了新的人家，他们总会在饭后捧了山楂、大枣、柿饼或核桃，硬往我们兜里塞，感动得人想哭。

大队部往北，石磴高叠，寒径斜出。无数的石屋瓦舍就散落在绿树的清樾之下。往南，是一个石板砌成的拱桥。沿了桥下那一溪的清流走下去，涧壑幽深，潭水也愈发清碧了，从上往下看，竟如点点的翡翠失落于涧底，发着幽幽的、冷冷的光。

就这样，在那大山深处的村子里，在民风质朴的山民之间，流连了约半月之久。记得我们离开的时候，山坡上红的桃花和白的梨花开得正盛，加之黄的紫的各种野花，漫山遍野，便也五色缤纷、光彩流溢了。

此后三十多年，未曾再去过郭亮。

李滔兄倒是常带了学生去写生，回来给我说，现在的郭亮已不是先时的世外桃源了，山民都做了商人，山村里一切都是要钱的。进村要买票，住宿、吃饭，甚至于上厕所，都是明码标价，而且人山人海的，竟如都市般喧嚣了。后来，我是有机会再去的，都因怕破了我三十年来一直深藏于心的清梦，终是未敢再踏足一次。

忽然有山风吹来，便有了些许的寒意。看看四周，全是黑色的山峦的影子。循了来时的路径往回走，便惊起了一村的犬吠。躺在床上，和林多、学平说起三十年前去郭亮的感受和现时的惧怕。他们就笑，说我太酸，太自作多情了。细细想来，他们说的好像也蛮有道理的。

但我始终还是未敢再去那个小山村。

庚子立夏于虚堂

古镇老街

近年心闲些，总爱出去游玩。尤爱去的，除一些山野水滨之外，还有那些有点历史感的古城古镇，以及老街深巷。

各地的古镇老街，风物各异，韵味大抵也是不同的。比如泉州的崇武古城，因为临了泉州湾，加之古代是个屯兵的所在，故而坚固而又雄浑。城墙城门，街巷房舍，窗棂门框，竟然全用了灰色的花岗岩石。天工巧夺之处，无不匠心独运。入北门，石径笔直，石檐错落。旁道侧出处，竟也蜿蜒曲环、横斜有致了。最窄处，只可一担，最宽处，不过五尺。所以，古城里是不能进车的，交通大抵也只有步行和摩托车了。南门小些，正对了海潮庵的香案。门外却是缥缈无迹的海天。潮起时，浪花翻涌，咆哮之声如狮吼猿鸣，亦如马嘶雷霆，壮观得无以比拟。

较之崇武，宁德的霍童古镇却散漫些。闽山四合，一溪旁出，榕下清樾，廛里炊烟，正合了道家十二洞天之首的福地幻境。镇上虽多了一些新翻的建筑，但还是没能掩了明清遗落的风韵。高头大墙，青瓦深宅，庙堂烟火，石径冷光。临了江边的石栏隔岸望去，苇叶流碧，荻花似火。溪声便如了焦尾雅韵，缓缓而来，又缓缓而去。最具特色处，便是家家大门的门神，不同于北方人喜用的尉迟敬德的画像，而是“神荼”“郁垒”四个大字。开始不懂，东山寺的当如法师讲了，方才了然。相传远古时候，神荼与郁垒为一对兄弟，兄弟俩都擅长捉鬼。后来人们为了驱凶，在门上写画神荼、郁垒，亦有驱鬼避邪之效果。左扇门上叫神荼，右扇门上叫郁垒，中国古代民间称他们为门神。

那年去禹州的神垕古镇，正好是七月流火的季节。少典兄亲自陪了我，过石桥，入了望嵩门，便觉时光穿越了百年，忽然就恍惚了起来。街道两旁，大多是钧瓷的店铺，间或也有几家小吃的摊铺和风格各异的民宿。太阳就挂在前边不远的飞檐交错的天上，没有绿树的清樾，也没有屋舍的阴影。就那么直直地照在头上，照在青石的路面上，头上便汗流如注了。青石板的路面上也泛着五彩的光，扬起青薄的烟，实在是酷热难耐。在花戏楼的前面，我们匆忙地拍了照片之后，便逃也似的出了古镇。至于“进入神垕山，七里长街观。七十二座窑，烟火遮半天”的壮景，至于灵泉寺、祖始庙，只好留待秋凉的时候再来吧。

己亥岁末，与红生兄和阿昌同去云南的腾冲，竟也误入了一个仙境般的所在——和顺古镇，亦如武陵人入了桃花源里，“土地平旷，屋舍俨然，有良田美池桑竹之属。阡陌交通，鸡犬相闻”。所不同处，顺河自山中流出来后，筑坝以成宽湖。湖面微澜，山涛流韵。中天白云悬浮，夹岸柳林堆翠，无不倒影清约，宛然天成。瓦舍俨然，隐于苍木秀林之间，巷道蜿蜒，都因临水循势而成。

穿竹林，过柳陌，见亭榭数顶，起于水中。原是妇女们洗衣的所在，号曰“洗衣亭”。洗衣亭上部大抵是如平常亭子的样子，一顶高起，飞檐六出，只是柱子是石头的，地面也是石头的。那长长的石条所筑的田字格，就半入了水面，最是合适洗衣洗菜了。因了时间的缘故，我们没能深入里巷，只是在沿了湖岸的街上流连而行，沿街大多是翡翠玉石的店铺，偶尔也有卖红木的门肆和喝茶的津坊。我们就坐在坝顶的树荫下喝茶，看湖光山色，看夕阳余晖，也看古镇渐次稠密的炊烟。忽然，见一黑犬，口叼竹篮向坝上跑过。错身之时，竟看到竹篮里放着洗浴的东西，正恍惚，见一壮汉尾随而过，边走边自言自语道“洗澡了，洗澡了”。错愕间，黑犬已入了水面，而壮汉则一一理了浴具，开始给黑犬洗起澡来。那种场面，那种人与自然的和谐与默契，我后来常常想起。

在我所居住的城市洛阳，也有一条始于明清而保存完好的老街——老城的东西大街。随了人流，从丽景门宽大的拱形门洞里鱼贯而入，但见飞檐舒咢，瓦舍井然。一直往东，商铺林立，店面有序，酒旗猎猎，旌幡招招，倒也别有繁华盛况。在文博城的楼下，多是卖文房四宝的铺子和不同名字的画廊，间或还有几家旧书的摊位，摆了各种画册和各类字帖。流连其间，竟如身在京城的琉璃厂，或长安的书院门了。十字街是东西大街的分野处。一到傍晚，各家的小吃摊子便会占了半边的街巷，有炒凉粉、浆面条，还有大刀面和不翻汤。灯火陆离处，呼声彻天间，市井文化便随了碗里的热气升腾起来，而后渐次消散于老街的中夜，消弭于每个食客的唇齿舌尖之上。再向东，过了鼓楼，过了大石桥，便是洛阳八景之一的“铜驼陌”了。每一至此，总会想起秦观的词来：“金谷俊游，铜驼巷陌，新晴细履平沙。”

这几年所游所逛的古城老街还有很多，如四川的上里、云南的丽江、山西的平遥和江苏的乌镇。但都因了时间的关系，只做了匆忙的一瞥。那古城老街的风韵与灵魂，岂是这走马观花般所能证得的。比如女人，你既然对她心生了爱慕，那就真心去了解她，去呵护她，去理解她，做那一生一世的相守。也算得随缘任运，不负当下的本心了。

庚子初春日于虚堂

初识澄园

认识志超兄，应该是前年的事了。那年，公者兄带了他的朋友们来白马寺做书画的事，就住在寺院的西寮房里。茶叙时认识了志超兄，听说他从成都来，就格外上心些。那是因了成都于我，印象还是极好的，加之近年来林多、予西等众兄弟的久客，成都也成了我常去的地方，用当下摩登的话讲，也算是我的一个打卡之地了。

后来在朋友圈里倒是常能见到志超兄的书法、绘画和他的澄园。所以就想，下次去成都，是一定要去澄园里坐坐的。

匆匆又过几重山

原以为，澄园是先时哪位先贤的私人宅园，比如苏州拙政园之于王献臣，常熟的虚廓园之于钱岱，只是被志超兄拿来用了。这次的一晤，方知志超兄竟然是澄园的第一任主人，从建园至今，也不过才二十年的历史。

那天我去的时候，天已向晚。偶尔从梧桐树间滴落的零星的小雨，洒在砖石间或地面上，更增添了冬日里这一城的寒气。从澄园的大门进入，穿过一个昏暗而迷幻的虚妄的空间，转角，便进入那古韵幽然的庭院了。穿过连廊，便见花亭星罗，水榭依稀，草影带水，小桥连韵，真乃神仙居处、世外蓬岛了。穿过悠长的廊道，穿过邛竹掩映着的中庭，穿过那扇幽深幽深的角门，便是志超兄的画室。一架书香，四壁墨宝，倒是极静极雅的。所以就想，长居此地，况有水墨浸洇，云烟供养，难怪志超兄能书画俱佳呢。

先时澄园这地方，原是志超兄的祖产，20 世纪 90 年代的时候，志超兄拿下了周边的地块，开始造园。那时候，周边还多是农田，志超兄以一个画家的敏感与才思，在宣纸上勾画他心灵的栖息之所。他画亭台楼阁，画曲径花廊，也画小桥流水，很快，这些纸面上的清物开始变成实物，一个古典的中式的园子终于落成。开园之时，竟颇有些江南园林的韵致了。

澄园初开时，与周边的田陌、云树是极协调的。这些年，周边开始有了高楼，商业的味道也是愈加重了。这也就成了志超兄的心病。此后经年，志超兄请来清华大学的设计师，一同研讨、论证，最后用一张貌似宣纸的材料，解决了建筑与城市、澄园与建筑之间微妙的关系，使之于对立中和谐共生。正如他那天所说："应对矛盾的上策，即是在尊重各自属性的同时，去彰显两者之间的差异，将消极的冲突关系，引向积极的对比关系中来，这就是顺势而为。"

这是一种波状的铝网板，附于澄园两侧的建筑主体之上。从楼内看澄园，一如雾里看花，朦胧而又含蓄，从澄园观围楼，则如水墨点素，花笺生烟，恍若是"一念尘世，一念兰若"，大有"一帘隔尽营营事，常做静园闲散人"的况味了。

那天从志超兄的画室出来，已是华灯初上的时候。我有意去看了一眼烟苇拢翠的寒塘，读月轩的影子正照在水面之上，曲径悠长，一缕隐约的暮时的暖光，正洒在那张二十四米高的巨幅的长宣之上。澄园，自然而且安详。

庚子冬日于成都

洛浦秋韵

洛河自秦岭山出，宕宕近千里，过灵宝，经洛宁，至洛阳，而后穿城而过，于巩义之洛口汇入黄河。

自丰李至枣园，概七十里余，是谓洛浦。夹岸堤坝有序，竹径井然，有柳风拂翠，亦有百卉争艳。逼仄处苇草连塘，宽阔处明镜映天。更有上阳宫阙、津桥遗石、瀍壑朱樱等点缀一浦，凌波、瀛洲、西苑、王城、解放、定鼎、新伊、李城诸桥如长虹卧波，飞架南北，便更是美轮美奂了。

1991 年前后，我自温州回洛，暂住在戏校的同学家里，常常与同学去洛河的荒滩里野炊。那时的洛河依了城南的荒堤，对岸便是无尽的农舍和田园了。荒草护坡，残水野屿。九都路至定鼎桥边，便到了尽头，往东便是旭升村和下园村的菜地了。启明路到今三砚居的地方，是一个高高的土崖，深约三丈。土崖下至洛河北岸的地方，也全是各色的菜畦。昔年暑假时，也曾同村子里的小伙伴一起，去那里贩过菜的。如今想来，便觉得如梦幻般虚无了。

在枣园村西边约一里处，有一缺口，可驱车而入，堤下连接一个漫水的简桥，是可通往洛南的。这个地方和城区不远不近，若即若离，多见有野渡空舟、苇屿沙洲，况有柳汀点翠、鸥鸟惊波，是个清心的好去处，也是我独处的好地方。去岁春，在结束了疫情半个月的隔离后的第一时间，我照例先去了那里。那时节，春水乍暖，疫情初定，记得也曾填过一首《扬州慢》的。

洛浦冰消，津桥雾散，春醒十里长堤。
问芦汀冷暖，竟长柳先知。
自三镇萧墙祸起，居家烟火，愁绪难支。

而如今，天青风软，又发新枝。

迟开新岁，纵余寒，怎碍花期。

况天道有情，悲心无恨，兄弟同衣。

隔岸华楼重阙，恍然是，黄鹤翻飞。

待樱开瀍壑，无妨携酒吟诗。

但我还是喜欢秋时的洛浦。前几日，从白马寺的香火里穿过，忽想起白露方始，霜降将至了，便想起洛浦的秋韵也一定是美的，所以便独自驱车，又去了那段野浦之上。

暮秋之时，独自站在修长的堤上，只见“青树翠蔓，蒙络摇缀”，绿的女贞和黄的银杏，参差披拂，各呈其色。俯瞰远浦，瘦水如织，沮洳伏见，芦苇生愁，岸草衔恨，浅汀深屿，竟状如秋娘的发髻，就映在水里。和隔岸柳影、长天闲云一起，映在水里，河面就尤显得安静了。从坡岸缓缓而下，穿过满是黄叶的野径，出寒林，豁然开朗处，水天一色，秋草伏地，远处有城郭楼影，隔岸是村舍犬声，苍然一派，半隐半出，好一处秋韵秋声的华美文赋。唯清词丽句，竟不能表述我此刻的心境了。于是，亦学了唐人的模样，吟唱起来了：

雨过天清木叶新，风行柳岸洗秋尘。
浅汀野渡洪流急，深浦边花白日频。
闲卧长波分细浪，醉登短岸羡妃神。
诗心愿伴轻云去，便解兰舟做散人。

并水而西，夕阳的余晖铺洒在河面之上，波光粼粼，泛着橘红色的光。两只白色的水鸟，从不远处掠水而过，恍然间竟如曹子建所遇之洛水之神，翩然而来，翩然而去，若惊鸿，亦如游龙。“髣髴兮若轻云之蔽月，飘飖兮若流风之回雪……秾纤得衷，修短合度。肩若削成，腰如约素。延颈秀项，皓质呈露。芳泽无加，铅华弗御。云髻峨峨。”

忽见三五垂钓者，于浅滩处下钩，各自安然地坐着。便想起韩退之的“君欲钓鱼须远去，大鱼岂肯居沮洳”来。东坡居士便看得深些，所以他在其《书上元夜游》中竟嘲笑退之说：“钓鱼无得，更欲远去，不知走海者未必得大鱼也。”这似乎照应了另一个故事：昔日，庄子与惠子游于濠梁之上，庄子说：“鲦鱼出游从容，是鱼之乐也。”惠子却说：“子非鱼，安知鱼之乐？”所以，垂钓者何之为乐，也只有垂钓者自己知道了。

返岸欲登车，却发现堤坡的边上，竟有四五簇野菊花，于暮秋的肃杀里，于衰苇的萧瑟中，于夕阳的微光下，正努力地绽放着自己的颜色，努力地宣示着自己的存在。

所以我就想，再小的角色也有自己舞台的站位，只是出场的顺序不同罢了。比如春日娇艳之牡丹，夏日高洁之荷花，秋日傲霜之篱菊；冬日来时，能迎风傲雪而怒放的，一定是那一树的红梅了。

辛丑暮秋于虚堂

铜驼古巷

“梅英疏淡，冰澌溶泄，东风暗换年华。金谷俊游，铜驼巷陌，新晴细履平沙。长记误随车。正絮翻蝶舞，芳思交加。柳下桃蹊，乱分春色到人家。”

因了这首词，我便爱上了这座城，爱上了城东那雾锁烟笼中的古巷：铜驼陌。

铜驼陌位于洛阳东关。始于魏晋，兴于隋唐，宋晚期方见衰落。其南襟洛水，西邻瀍河。是因了暮时的炊烟如轻雨空蒙，“铜驼暮雨”便成了洛阳八景之一。“洛阳碧水扬春风，铜驼陌上桃花红。”“花深柳暗铜驼陌，风暖莺娇金谷堤。”“洛阳城东桃李花，飞来飞去落谁家。”从无数古人的吟唱里，便可遥思那时的繁盛了。

终于在一个秋日的暮时，我独自一人，走进了这千年传唱的深巷，走进了如歌的铜驼暮雨里。

沿了大石桥拱起的石径，穿柳而过。瀍河水汤汤而逝，夹岸是风柳如丝，筼筜寒玉。一组复制的铜驼就坐落于桥东的空地上，或立或卧，分明是带着扑面风尘的。东边是东大街，还住着原住的居民。街道很窄，商贾林立，市井繁华。街道两旁的民舍，多杂乱败落，却也错落有致，韵味十足。南面便是新仿的古巷了。但见青砖黛瓦，素壁花廊，亭台层叠，半嵌苍溟。屋脊上六兽振飞，流檐处千珠欲下。排阶雁阵，镂金楣梁。但却是深巷寂然，旌幡空飞。相比“金马门外聚群贤，铜驼陌上集少年”的胜景，如今是大大的不如了。巷子深处，有一戏楼，青砖上雕刻着各色的人物和花卉，倒也精细，只是因了新仿，总缺少些沧桑的味道，缺少些时空的遐想。曲曲折折约半里许，出得巷子南门。小径蜿蜒，青草茵茵，雕栏半悬于瀍岸，烟雨飘浮于空中，却更像是城外的田陌，倒有些许的野趣了。

匆匆又过几重山

从一处悬梯逐级而下。河谷里奇石兀起，小沼澄碧，红英浮光，绿水掠影。青苇丛立于浅岸，浪花舞蹈于水中，虽嘤嘤杂杂，倒也自成秋韵。忽见两只白色的水鸟，在对岸的绿蕉丛外悠闲地踱步，身影入了清冽的水面，也入了白云的倒影里。

沿了河道边新砌的石径逆流而回，看对岸花亭拥翠，水榭入天，倒也风景独好。远远北望，来时经过的石桥就横卧于万波之上。

忽然就有了凉意。从大石桥的北面登岸，正好是古巷的北入口。此时天色向晚，华灯初上。那高大的华阙上描金的“铜驼暮雨”四个大字，也便在此时的暮色里渐次地暗了。

站在中州路繁华的十字路口，我便入了红尘的浊浪里。回首再看那烟雨空蒙里的古巷，诗心竟也澎湃起来了。于是口占四句，也算是对古代诸诗家的唱和吧。

铜驼陌上雨霏霏，柳岸烟云连翠微。

瀍壑秋声空作赋，清风递送雁南飞。

己亥秋月于虚堂

华盖山拾梦

温州城里多水巷，亦多山。正如宋时杨蟠的诗：“水如棋局分街陌，山似屏帏绕画楼。”如今的水巷是愈发少了，多做了城市的街巷。但山还在，依旧做了这江城的屏帏，做了这红尘里的一席清凉。

据说温州城里有九座山。但我所登临过的，也只有松台、海坛和华盖了。因华盖山与我家只有一路之遥，所以年年回温，是一定要去的。

我的岳父年近九旬了。每天早晨，必备了残羹剩饭，用两个布兜做成的褡裢背了，然后上山，去喂他从未谋过面的松鼠。日复一日，从未间断过。去年，我和妻子回温，也曾陪了他去，看他缓慢地挪步，缓慢地分放食物，忽然就有些感动了。

今次回温，是因了岳父日渐羸弱的身体。毕竟是耄耋之年了，所有以往的光亮也只如昨日的余晖。自六月一病之后，他再也不曾上过华盖山喂过日日惦念着的松鼠了。

晚饭过后，我和妻子收拾了剩饭，竟是不约而同想到了华盖山的松鼠。翌日清晨，从涨桥头拾级而上，沿了先时随岳父来过的路径，入了那一山的清樾里。一路青苔湿滑，木叶如盖。虬枝藤蔓横亘客路，幽草藓苔细分云烟。曲曲折折，盘盘桓桓。仰视峰顶陡绝摩天，俯瞰山底廛舍井然。及至半腰，见风亭一间，高坐青岩之上。这便是临望亭了。

小憩花亭，凭栏四望，见瓯江如练，飘忽烟霞，高楼林立，城郭喧喧，便想起唐代张又新的《华盖山》来："一岫坡陀凝绿草，千重虚翠透红霞。愁来始上消归思，见尽江城数百家。"

依了记忆，在几处树杈上分放好食物，山道上也便热闹了起来。练拳的，练剑的，练舞的，还有散步的，竟占了一山的清幽。各种音乐的杂响，也遮没了漫天的鸟鸣和虫唱。我沉醉于秋风染翠之工心、烟岚设色之妙笔，竟无视了满山的悸动。转而登高，石磴边上竟兀立石亭一座，这便是却金亭了。相传，文徵明之父文林公在任永嘉知县时，“击豪右，恤贫困，疏水利，倡文风”，及至卒时，囊箧萧疏，一贫如洗。吏民自发凑集千金为其发丧，其子徵明，固辞不受。民众感其德，立碑亭以记。

半午时分，由木叶间泻下的日光渐次暗了。乌云由西天滚滚而来，低过了山顶的塔尖。刹那间，秋雨萧疏，烟雾竟漫了来时的路径。

一周的时光，转瞬即逝。在回程的列车上，华盖山总是萦萦于怀。于是便借了车厢昏暗的灯光填词一首，调寄《临江仙》。

拔地苍山云树密，青蒙摇缀苔衣。

林间蜂鸟自轻飞。

翠阴混似盖，调起画楼西。

匆匆又过几重山

寄客诗心今未老，登高北望津迷。
一江秋水忘尘机。
伊人今何在，一念两依依。

回洛很久了，但我总在想一个问题：岳父的悲悯之心与文公的大义之举，哪个更让人感动呢？

草于如是精舍

南山别院

南山别院名字的由来，实则是因为我的一次野宴，以及一首诗。

去岁的仲春，那一日，志伟约了三五同修一起去他城南一隅的画室里吃饭。到的时候，先看到他画室门前那一蓬新竹，很修长，很青翠。且笋芽初吐，褐衣纷披，煞是好看。谁知当日的主菜竟是这新出的笋芽。置酒竹间，采蔬春畦，是别有一番野趣的。加之同了花肉一起慢炖过的新笋清香脆甜，实实是一道佐酒的佳肴，就连我出身南方的妻子也说："这是我吃过的最好的笋了。"

匆匆又过几重山

把酒间，不觉半酣，诗兴竟也忽忽而来，于是便口占七律一首，权助酒兴而已。

荒庭残院未堪夸，半亩新蔬半亩花。
宴坐竹间粗服酒，闲依篱下乱分茶。
蛰居当思商山客，唱啸还期五柳家。
只恨春光留不住，愿赊明月赌年华。

回来整理，标题难注，是因为所歌之处，无个雅称。所以就想，此地位于城南，南望嵩山一脉，丘山连绵，锦屏绣障，相隔了伊水烟川。院子不大，但也别致，虽不及柳宗元的小石潭，可以“隔篁竹，闻水声，如鸣佩环”，又不及王摩诘之辋川别业，有“明流纡且直，绿筱密复深”的幽境，和“空山不见人，但闻人语响”的空灵，但田园的味道还是足的。大有陶渊明“采菊东篱下，悠然见南山”的韵味。于是便窃以“南山别院”冠之，遂标注题目曰《壬寅春，诸好友野宴于南山别院》。

后来，我又去过几次。依次写了《又客南山别院》

《再客南山别院》《重客南山别院》……共计五六首吧。志伟说：“我这破败的院子也算有了个雅致的名号了。”从此，“南山别院”这个因诗而得的名字，也随了我的诗而传扬开来了。

其实，南山别院只是志伟画室和画框厂之间一个不大的院落，一亩不足，半亩有余。先时也曾是瓦砾满地的荒庭，杂草盈门的所在。去岁秋，会潮叔致休无事，赋闲在家，不知怎么就相中了这块荒地，并认真勾勒了大体规划的草图来找我。说哪里种何种树木，哪里种何种菜蔬，林林总总，极尽详备。对于植物和蔬菜，我是不懂的，更别说种植了。也只能在路径的穿插、亭台的设置上，提了一点小小的建议罢了。不想，到了春天，小院已是别有洞天了。竹林是原有的，菜畦是新筑的，短垣错落，石径蜿蜒，藤条横披，新苗吐绿，间有篱花星落，笋芽初生，大有陶渊明笔下自在之田园风致了。特别是竹林中新筑的茅庐，若隐若现，半藏半露。置身其中，或品茗，或饮酒，恍然有“独坐幽篁里，弹琴复长啸”的冲动，抑或有“隔帘悲木叶，时见片云飞”的闲适。

匆匆又过几重山

会潮叔和我同年，同村，是从小一起玩大的伙伴。按乡亲辈算，我叫他叔，然平时是以兄弟相待的。他先时大学毕业后，先后在石家庄、北京做过事，是个见过大世面、挣过大钱的主。现在虽已耳顺，但却有了回归田园的心，并为此快乐着。真好！这才是活在当下呢。

一年四季，春夏秋冬，我在不同的季节里都去过。在“十里春风十里花，烟堤燕影入山家”中品尝过春花的烂漫，在“新畦蔬影满，老径竹风轻”里感悟过夏韵的力量，在“疏花残絮莺声瘦，清樾新柯燕影稀”间体会过秋声渐变之凄凉，在“花去空枝冷，烟生宿雪肥”的长叹里，去赏析过生命已逝之悲壮。这里仿佛是七贤的竹林，四皓之商山。其实它只是城中一隅，一个可以暂时放下一切的所在，一个可以暂避红尘、寄放灵魂的地方罢了。

我每一次都会喝醉，每一次都会写诗，每一次都会摘些时令的菜蔬，满载而归。

壬寅岁暮于虚堂

幸有散发披襟处

极目望去，荷叶还是碧绿的，只是近处几片圆叶的边廓，分明已泛起焦黄的颜色了，日灼风蚀间，竟如了女人翠裙上绲边的绣物，只是那淡淡的萧疏的成熟的韵味，恍若有了徐娘半老却风韵犹存之况味了。

有病

我小时候体质弱，听母亲说，在我半岁的时候，因拉肚子脱水，竟没有了呼吸。母亲抱着我噙了泪往村外走，刚巧碰上村东头的王仙儿。王仙儿扒开被角看了看，又拿指头放我鼻子下试了试，说："抱回去吧，拿湿煤渣放在鼻口处，说不定能活过来。"母亲虽是半信半疑，但还是依了王仙儿的话。果然，我又活了。

小学二年级的时候，肚子上长了个疖子，有核桃般大小，晚上疼得直叫唤。母亲对父亲说："去给孩子看看吧。"父亲趴在我肚子上看了半天，说："再等两天，长熟了自然就破了。”又过两日，疖子红得已然发黑了，只是不见破。疖子里有股破之欲出的东西，憋得我疼痛难忍。无奈，父亲对母亲说：“你去把架子车拉来，把被子铺上，我带孩子去找詹仙儿看看吧。”

詹仙儿住在五里外的纸庄，是远近闻名的赤脚医生，专治各种疥疮毒瘤。我那时候虽然年龄尚小，但也是知道的。

去纸庄，必要经了公社的所在地——蔡庄村。蔡庄村的十字路口处，有两家店铺是紧挨着的，一家叫“国营供销社”，一家叫“国营食堂”。离此尚远，便有一股饭店特有的香味袭来，直让人垂涎欲滴，去舍不能。于是我便又大声呻唤起来了。父亲许是看透了我的心思，又许是烦了我的哭叫，就把车子停在了路边的大柳树下，径自去食堂买了一碗半稀稠的肉丝面，哄我说：“吃了肉，就不疼了。”

至于到了詹仙儿家怎么破疖，怎么排脓，怎么缝合，我是真没了多少记忆了，但那碗面条的味道，我却是久久未曾忘过。

记得此后又去换过两次药，自然，又吃过两回有肉丝的面条。

三年级的时候，身上出了一片片的水痘，去让西堂奶看了，说是天花，需要静养，且不得见风。记得那是春三月的时候吧，乍暖还寒。我每日裹在被窝里，看着顶棚上裱糊的报纸发呆，有时也披了奶奶的夹衣，坐在后院的石榴树下晒太阳。看大白猪懒懒地趴在地上养神，也看那一群杂色的鸡追逐着嬉戏抑或争斗。到吃饭时，奶奶一定是变了花样地做各式的面条。那时候农村很穷，肉是没有的，但鸡蛋却是自家的鸡所产。所以鸡蛋面、鸡蛋羹、煮鸡蛋、炒鸡蛋，也便是每日的三餐了。还有就是我奶奶压箱底的各种糕点、饼干，也大都便宜给我了。有时总想，这病还是别好得太快了，否则，又要每天去上学，每天吃黑白相间的馒头了。

十几年前，我还在做工程。因了工期的缘故，整个年关都在工地上忙碌。终于在腊月二十八病倒了，浑身无力，且见不得一点油腻。

开年初六，去二院检查了，说是肝炎，需马上住院。

我回家取了简单的日常用品，就去住院了。

我住的是传染病房二楼靠西的单间。每日里，上午有护士查房、量体温，然后输液，中午时便自己下楼到专门的食堂里打饭吃饭，然后午休。下午一般是没有治疗的，那就只能躺在床上冥想了。想自己的前半生，也想后半生，想女儿的学习，也想父母的身体。总之，身体是闲了，但心却不曾有片刻的放松。忽然就想起前两年曾借了钱，至今没还的同学来。于是，就打电话，先说自己有病，传染病，手头紧，看能不能把钱还了。又说："你没空的话，我自己去你家取吧。"没想到，当天同学就把欠款给打到了我的卡上。便觉得，有病，也可是要账的理由了。于是如法炮制，又要回了两笔工程款。后来和爱人说起，爱人说："人家得了传染病，都要保密的，谁像你，只怕别人不知道，还满世界乱嚷嚷。"我就说："我有病。"

人吃五谷杂粮，哪有不生病的，更何况生老病死，本来无常。所以有时就想，有病也可以苦中作乐，可以逃学，可以解馋，可以独处，可以要账。当然，也可以看清人的真情与伪善，分清益友和损友，岂不美哉。

辛丑夏月于虚堂

做个闲人

从我家住的地方，到我的工作室，也就是虚堂，不足二里的路程。原来日日步行，掐表算来，也就是十二分钟的时间。这几年不行了，每次竟要用十五到二十分钟。先时还不解，想是年老而体弱的缘故吧，后来才明白，是自己的心散了。

早上出门，闲散的目光就在闲散的人群中游移开去，看街角晨练的大爷，看路边各色的车，看狗咬狗，看人骂人，当然也看寒风里露了大长腿在等公交的女人。在各种的疑惑里，步子也便随了心情而散漫起来了。

幸有散发披襟处

我每日出门的时间，大致是相同的，这就让许多的人都有了误解。每天走过门岗，门岗的师傅总会问一句："上班早。"我就会很尴尬，不知道怎么回答他，也就只好报以无言的微笑了。

今年开春的时候，政府有专人来了解人力资源的状况，得知我失业，于是便拿一份表格让我填，眼睛里满是怜悯和同情。在"有无再就业意愿"里，看我填了"无"，便不解地问："为什么呢？"我只好回答说："懒。"除此还有其他的原因吗？总不能觍着脸说"不差钱"吧。

差不差钱，其实不取决于你的钱袋子，而取决于你个人的心态。这方面，王朔的心态就好，在"今年中国经济状况不佳，内忧外患"的情况下，还能有"不过对于我来说没有太大的影响，因为我的消费级别稳定在康师傅红烧牛肉面和统一老坛酸菜面上，今年方便面没有涨价，我很欣慰"的精神境界。在名气上，我虽比不了王朔，但在消费级别上，我就比他稍微高一点点。我从不吃方便面，而只吃加了鸡蛋的捞面条，另外还有喝二两酒的习惯。这些年虽不上班，这种基本的生活标准倒还是可以维持的。

我在白马寺里做义工，大和尚就很关心我：“你也没个固定的收入，咋生活呢？”我便说：“著名艺术家可以发家致富，非著名艺术家也是可以养家糊口的。”这一点，我是未敢妄语的，所以我也从未曾为生活发愁过。

只是去年年底，我爱人退休了。每月能拿三千多元的退休金，她很知足。我还要两年才能退休，还要两年才能有固定的收入，所以我很惭愧，常有吃软饭的感觉。

近些年，常有一些喜欢诗词的朋友鼓动我办个创作班。我很高兴，一则是朋友们对我的肯定，另一则又可为传统文化续一点薪火。但我还是很惶恐的，那是因了自己对自己的认知，一没有康震之流出口成章的本钱，二没有王立群教授的文化积淀。与其平庸，还不如不做的好，所以便只一味地拖拉下去了。志军说：“你是思想大于行动。”我依旧很惭愧。

对于别人来说，写字画画是事业，对我而言，则是休闲。看书也是休闲，只是要记得住，解得开，便困难些。那就不去记，不去想，只沉浸于某段落某文字的欢悦之上，只求当下的解脱，岂不更好。

幸有散发披襟处

王朔很羡慕猪的生活状态，所以他写了一篇《像猪而生》。但他却忽略了一个根本的问题，那就是生存的意义。猪之生存是为了人的口欲，所以它必须吃饱了睡，睡好了吃，等膘养肥了，也就是它生命意义的终了。而人则不同，正如《礼记·大学》里所说，古之欲明明德于天下者，修身齐家治国平天下。

我自忖，自己只是一个自了的汉子，一没有治国的能力，二没有平天下的韬略，所以就只能做好自己了。没有翅膀，就不去向往蓝天。慢慢地行走，一路上也会有鲜花和野草，有高山和长河。走快了，会错过许多的风景，灵魂也会跟不上自己的身体。所以我就想，还是悠着些好，临帖，画画，写诗抑或作文，只做我喜欢的事。慢行慢动，走走停停，做个自在的闲人，岂不更好些。

辛丑冬日于虚堂

称谓

前几日有朋友自郑州来洛，晚上相约了一起吃饭。饭桌上，一个初识的朋友很是无趣，伸手相握时，我也是满怀了欢喜之心的，谁知他紧接的一句话，便使我不快起来：“大师好！”看他倒也是蛮虔诚的，我就不便说什么了。谁知他一句一句的“大师”叫着，我也就嗔恨心起了。“咱俩有仇吗？”我问，他一下子惘然了，竟半天无了言语。我再问：“咋一见面就骂人呢？”他便脸红起来，并讷讷地说：“我骂人了？”我说：“你没听过那句话么，专家满街走，大师多如狗。”一桌的人一下子大笑起来。那个初识的朋友也笑着说："对不起，对不起，我真的不知道叫大师是骂人的话。"

其实，这也不能怪他的。只因了现时的社会里，各种帽子太多，且大小不一，五彩炫目，再加之不自知、不知耻的人多如牛毛，所以多数的人大抵也是分不清楚真假，生生把一颗恭敬心用了诛心语了。

前几日看新闻，某"大师"竟创造性地开设了"大师班"。我的老天爷，大师于现时，已可以以班级为单位批量地生产了？这对于章太炎、梁启超、辜鸿铭等民国硕儒，那是何等的轻蔑，何等的侮辱。无怪乎"大师"之名之于当代学界、艺术界，确实已沦为一句骂人最狠的，且不带脏字的毒语。所以，爱惜羽毛者，唯恐沾了"大师"半点的边，只有失心之人才会自扯了"大师"的旗帜，招摇于市井与朝堂之间，唯恐天下人不知了。

大科学家钱学森先生晚年病重期间，曾发出"几十年以来，我们为什么就没有培养出一位大师"的感叹。钱老这一感叹犹如"天问"，叩击着每个国人的心灵。可见"大师"这一称谓，是高入云瀚、可望而不可即的。

一个人于社会，于家庭，总会有各种的身份，各种的身份也总是会转化成各种的称谓。比如我吧，先时别人叫我“小郭”，现在都叫我“老郭”；先时别人叫我“郭总”，现在都叫我“郭老师”。一切的称谓都随了年龄、职业的变化而变化着，自然而然，不带一丝刻意，一点造作。

这些年爱好是多了些，所以身份也就多了些。有人称我是“画家”，有人称我是“书法家”，我都以为是客套话而已，从未认了真去。只是我着力最多的诗词的一面，竟从无人以“诗人”称呼过，这多少也算是一块心病了。然转念想想，这也不怪别人。现在“诗人”之称谓，多是给了那些能写“微笑，走路，和亲吻，我在远处，观赏自己的面孔”，抑或是“当楼梯倒转，旋入虚空，死亡真美”的现代诗的诗人了，像我这种只会在“平平仄仄仄平平”中推敲“失心莺燕思南去，无意扁舟载月行”的人，大抵都是入不了“诗人”行列的。许是现时的人集体患了“审美失聪症”了，抑或是现时的节奏已不便使人再留恋于“春城无处不飞花，寒食东风御柳斜”或“花径不曾缘客扫，蓬门今始为君开”的绝妙意境之中？总之，守旧已不如了立新，“楼台浸月”也输给了“看见我，一具风干的死尸”了。不知李白、杜甫、白居易他们九泉有知，会做何感想。毕竟他们也是当过一回诗人，并作为诗人而流芳千古的。

我的一帮兄弟都喜欢戏称我是“老艺术家”，我也只当成好意的调侃了。因为我老之未老，家未成家，只是做了些艺术的事情罢了。所以我想，所谓称谓，不过是顶别人送你的帽子，大小也只有自己知道了。称谓也是别人对你的态度，不管是好意的坏意的，千万别认了真去，只需守了自己的本心，做真实的自己，便是最好！

庚子秋日于虚堂

惜福

前几日建涛来，给我买了一条裤子，浅灰色，休闲的那种，样式也很时尚。我就纳起闷来了："怎么想起来给我买裤子了？"他说："上次来，就见你穿着的这条裤子已然破了洞，现在还穿着，该换换了。"我看看自己露了白肉的裤子，哈哈笑了："这样多凉快呀，你没见满大街多少穿了这破裤子的靓仔倩女，破的洞比我这个大得多了。"建涛也笑了，说："人家那是时髦。"我说："哥也想赶赶时髦，不行吗？"

其实我也知道，以我这般的年纪，这样穿衣服是不合时宜的，只是粗心了些，而未曾及时地缝补上这破了的洞，才引起了建涛的误解罢了。

想想我小的时候，全是穿哥哥姐姐们穿剩下的衣服过来的。我们家姊妹多，我又是老小，自然穿新衣服的时候就少些。大哥穿小的衣服，母亲就改了给二哥穿，二哥穿不上了，再改了给我穿，虽也补丁摞了补丁，但母亲总会洗得很干净，所以穿了还是高兴的。记得我父亲的一件发了白的劳动布的工作服，是我们弟兄三人都穿过的。有一年，二叔托人从陕西捎回来一双翻毛的大头皮鞋，被大哥二哥穿得已经磨光了毛，我便用砂布打光了鞋面，再擦上黑色的鞋油，黑光油亮的，神气极了。上大学那天，我就是穿了它入校的。

立秋日的前两天，我去白马寺，看见印乐大和尚正站在那棵菩提树下与妙通法师聊天，便赶紧过去合掌问讯。那天的太阳光很亮，从菩提树的叶缝里泻下来，洒在法师的头上和身上，洒在法师那明黄色的长衫上，五彩缤纷的。我却透过这五彩的光谱，发现在印乐大和尚的双肩处，竟也密密匝匝地缝着两块补丁。只是补丁是内衬的，所以还不算明显罢了，但我心里对大和尚的崇敬之心还是油然而生了。

回家便又想起前些年去福建霍童的东山寺里，拜谒当如法师的情景。那天我从外面回来，看见当如法师正依了书案在缝补袜子，就说："换一双好了。"法师笑着说："补一补还能穿的。"我便无语了。

儒家讲养德，"慎乃俭德，惟怀永图"。佛家则讲惜福，"惜福福常在，随缘缘自来"。所以，佛家人对于惜福和福报的体悟，大抵也是独有的。

印光法师见有客人食后碗内剩饭粒，必大呵曰："汝有多么大的福报吗，竟如此糟蹋！"虚云长老说："修慧必须明理，修福莫如惜福。"弘一法师出家后，一直还保留着爱惜衣食的习惯。他脚上穿的一双黄鞋子，还是 1920 年在杭州的时候，一位打念佛七的出家人送给他的。他有一把洋伞，是 1911 年买的。这些生活用具，破烂了，就请人用针线缝缝，当新的一样使用。除了所穿的小衫裤和罗汉草鞋一类东西须五六年一换之外，他的一切衣物，大都是在家的时候或是初出家的时候制的。他有一句话说得好：“我们纵有十分福气，也只好享用三分，剩余的留待以后享用。”

前几天看书，《世说新语》有二则写王戎俭啬的事。一则是：“王戎俭吝，其从子婚，与一单衣，后更责之。”说王戎的侄子结婚时，他曾送了一件单衣，后来又给要了回来。另一则是：“王戎女适裴，贷钱数万，女归，戎色不说，女遽还钱，乃释然。”说王戎女儿嫁给裴逸民时借了他几万钱，女儿回来，他脸色不高兴，女儿赶紧把钱还了，这才有了笑脸。

所以我就想，俭朴也是有度的，过之即为吝啬，再过之则为贪鄙。有福当惜，无福自求，如向外援，则必生贪心欲念。如欧洲文学中著名的四大吝啬鬼，便是因俭啬而入了贪鄙之道。葛朗台的狡黠，泼留希金的迂腐，阿巴贡的多疑和夏洛克的凶狠，无不先从节俭始，后入贪鄙之道的。

《论语》说“无欲则刚”，佛家讲“放下自在”。放下什么，如何放下，一般人如何证得？以我之见，放下欲望，放下贪、嗔、痴的妄心，才能得究竟涅槃。但还有一样最难放下的，那就是面子，就是虚荣的心，就是你自己。

前些年因了别人的事，去请一个同学吃饭，本想简单点的，谁知那同学架子大得很，非海鲜不食。一顿饭让人花了一千多块钱。我于心不忍，心里暗暗骂道：你一个吃红薯长大的人，吃什么海鲜，你也真能消受得起？后来出事了，住了几年回来，我请他吃饭，问他："吃啥？"他说："随便。"我就随便请他在我工作室的楼下吃了一顿萝卜馅的饺子，他竟然说："好吃！"

我上书法院的时候，石开老师曾让我们刻过一枚"须弥粟米"的印章，当时不甚了了。后来才知道须弥山之大，粟米之微。三千大千世界，无量恒河沙数，我们只是一粒微尘罢了。如如而来，如如而去，只有心无挂碍，方能得正大自在，又何必在乎本具空性的面子呢。还是《金刚经》说得好："一切有为法，如梦幻泡影，如露亦如电，应作如是观。"

我师父就常告诫我，人的福报皆有定数，就如你银行里的存款，一味挥霍而不知珍惜，总会有用尽的一天。所以，惜福还要培福，方能福祚绵长的。

娑婆世界，芸芸众生，应如何住，如何安放其心，恐怕也只在自家的了悟吧。

庚子初秋于虚堂

虚堂幽兰

年来无事，总喜欢在虚堂里独处。写字画画之余，便是看看闲书，在不同的茶的清香中，品读人生况味，倒也自在平实，倒也“虚堂”不曾虚度了。

其实，写诗对于我，不在牍案，而在山野水滨。独发于身临之境，语出于既有之场。有感而发，是我对诗的敬重，也是对自然的敬重。所以有朋友调侃我是“出门有诗，回家有酒”，倒也贴切得紧。

“一梦空山飞白鹤，三更溪语弄诗篇。”“夜雨初洇夏梦赊，苍山流翠万柯嘉。”“松竹摇星月，溪流动暖笙。”……

这些句子，或出于山林，或出自禅院。如没有亲历实感，岂是书案上凭空可得？

虚堂里那半屋的绿植，便是我闲时的宠物了。施肥翻土，浇水打尖，偶尔的通风与光照，像极了自家的孩子。吊兰最好养，只要水浇得勤，它就能蓬蓬莹莹，绿波四溅。绿萝也喜水，但对风的要求更高些。滴水观音浇水后必要光照，否则根部会渐次地委缩、腐烂。兰草和菖蒲是最为难养的，蒲为水边之物，喜水。兰为山野之物，耐旱，然干湿程度尤不易掌控，所以也常有叶枯或根烂者。

去岁春日，有好友送蝴蝶兰一株，盆带长提，中植杂茵，蝶花高举，宛若飞鹏。不几日就蝶花半凋，宽叶渐枯了。然盆中杂芜却日益苍郁，芃芃然至今未衰。

前几日，陪了老涛兄去栾川的山里纳凉。承当地兰花协会程先生厚爱，送我一株夏兰。询其养兰秘方，程先生说：“懒！！”听后顿悟。

回家后对兰观思，悲悯心起，吟五律记之。

本是山中物，无心荫翳功。
离群哀野趣，闭牖怨清风。
落叶凝如泪，干枝渐若蓬。
何时悲念起，归放旷林东。

“虚堂”是我的斋号，出自《庄子·人间世》语：“瞻彼阕者，虚室生白，吉祥止止。”取虚空澄明之意。其实就是想使自己充实而不着相，清虚而不狂妄，闲逸而不堕落。随缘任运，宅心本无，只是我喜欢的生活状态罢了。

虚堂日日任消磨，弄绿抚琴雅好多。
惯捻华须推险韵，闲濡铁砚写川河。
风邀竹影茶添趣，月送砧声酒壮歌。
万事了知空念少，南窗又见挂新萝。

这首七律，也算是平日我虚堂闲处的写照了。

己亥初秋草于虚堂

立秋

立秋的那天，一大早，我就坐在白马寺莲舍旁边的宽台之上，依了那木制的栏杆观赏夏荷。虽已是夏日极尽的日子了，然依旧闷热着。竹风淡淡，未见一丝的清凉。荷面上，那零星的渐次稀疏的几朵荷花还在努力地绽放着，想尽力延展她昨日的绚烂，延展她生命的最后辉煌吗？然毕竟是零星的，那种“映日荷花别样红”的胜景已如昨日的轻吟，又仿佛一江的渔火，仅剩一桅的星光了。

极目望去，荷叶还是碧绿的，只是近处几片圆叶的边廓，分明已泛起焦黄的颜色了。日灼风蚀间，竟如了女人翠裙上绲边的绣物，只是那淡淡的萧疏的成熟的韵味，恍若有了徐娘半老却风韵犹存之况味了。青苇依旧，依稀有半卷了枯尖的黄叶点缀其间，塘围上的野花也依旧开着，星星点点，倒也给这季节转换的浅塘短岸增加了轻快的暖色的调子，从而使秋夏的衔接显得自然而又舒缓了。

天空依旧阴沉着，黑云也低沉着，仿佛在酝酿一个巨大的阴谋。忽然，从隔岸那排高入天穹的银杏树的背后划过一道闪电，如电光火石，霎时间就炸裂开来，雷声也隐隐从北邙的黄塬上一路滚下，骤然而来的秋雨就这么不期而遇了。就在这夏尽之时，在这立秋之日，更不免使人有了莫名的期待。虽是立秋日的初雨，而我的心里，竟也有了丰子恺所说的“秋心稚嫩而未曾老练，不免还有这种不调和的现象，可怕哉”的感觉了！

在民间，对于立秋下雨是有许多的俗语的。“一场秋雨一场寒”，这句话的意思是说，在立秋那天打雷下雨的话，再过一百天左右就能看到霜雪，这是古人对天气的预测，说明在立秋的时候下雨，就是气温逐渐下降的开始。

还有“秋前秋后一场雨，白露前后一场风”“立秋无雨是空秋，万物从来一半收”等。一是劳动者的智慧，二则说明，雨于立秋，还是很重要的。

我急忙退避宽檐之下，依了老旧的窗去听那雨打荷叶的声音，去看雨入浅塘的莲花，忽然就想起自己的年纪来。我这已是“天命悉知”、行将耳顺的年纪，抑或正照应了今日的节气吧。

春夏秋冬，更替有序，生老病死，人之常情。我把童年比作春，青年比作夏，中年比作秋，老年比作冬，自觉还是恰当的。童年是生命初萌的时候，天真而率性，就如了春的蓬发与生动；青春年华，热烈而浪漫，就如了夏的绚烂与激情；中年如秋，平淡而真实，丰富而成熟；老年如冬，沉寂而静默，究竟于涅槃。林语堂说：“我爱春天，但她太年轻。我爱夏天，但太气傲。所以我最爱秋天。”我也最爱秋天，也爱我现在的年纪。枯叶飞蓬，高罥抑或是飘转，你真的能知道，这是叶之欢舞还是叶之悲歌吗？

丰子恺亦爱秋，但却保守得很。32 岁时他便说：“自从我的年龄告了立秋以后，两年来的心境完全转了一个方向，也变成秋天了。”我则不然，我是在知天命以后，心境才愈发调和的，非但少了种种的大悲大喜，也愈来愈好静思和独处了。“秋风秋雨秋声远”是一种意境，“竹影荷风石径凉”是一种体悟，那么“表独立兮山之上”呢？那也一定是一种人到中年时对秋的默许和眷恋了。

俞平伯对中年的描述是最为精彩的：“当遥指青山是我们的归路，不免感到轻微的战栗。可是走得近了，空翠渐减，终于到了某一点，不见遥青，只见平淡无奇的道路树石，憧憬既已消释了，我们遂坦然长往。所谓某一点原是很难确定的，假如有，那就是中年。”这样的描述亦应是对秋日的触景生情了，望及死寂的冬日，犹如望及死亡，望见死亡而从容赴约，淡然前往，只有心如秋水、沉静慧达之中年者，才能有这样的气度吧。

前几年有朋友问我：“如果让你从童年起，再活一次，你愿意吗？”我毫不犹豫地回答说：“千万别！”毕竟是人过中年、草木三秋的人了。对人生，我更有着我独有的感悟。

人生实如登山，从童年的溪光里蹚过去，一入那陡岩峭磴，转而一入那幽深的寒径里，一路而来，实为那一路而去。那转折的点便是最高的峰顶，便是中年了。千辛万苦地攀缘，也只为了这“会当凌绝顶，一览众山小”的慨叹吧。站在峰顶，你可以凭栏，亦可以独卧，可以闲吟，亦可以行啸，总之，你可以览尽奇峰，感动绝妙，因为一切都是你眼里的风景、足下的风光了。那不妨就做个闲人，做个隐者，放下一切的妄念，一切的梦想。松下独酌，抑或枕风而眠，当下自如，岂不快哉！归路就是归宿，秋去之后，也一定是寂寂的寒冬了。

我喜欢读辛弃疾的《丑奴儿·书博山道中壁》：

少年不识愁滋味，爱上层楼。
爱上层楼。为赋新词强说愁。
而今识尽愁滋味，欲说还休。
欲说还休。却道天凉好个秋。

这短短的数语，把人生、把季节都表述得澄明透彻。这其中的况味，甚深而微妙，不可言传处，也只能自己去体悟了。

庚子秋日于白马寺清凉院

边走边唱（后记）

人这一辈子，总会有许多的想法。往小里说，不过是人在不同阶段的一点小心思，往大处想，也许就算是大理想了。

比如我吧，小时候想当科学家，少年时想当兵，终也是想想而已。后来学了画画，就梦想当个艺术家了。孰知艺术家更难，不但要后天的努力，还要有先天的才情。我知道这两方面我都欠些，所以写写画画这半辈子了，也只是个票友，离艺术家的距离还很远，很远。

前些年，适逢“国学博览馆”公众号开通，偶尔也会发一些书画作品或诗词。王澄老师就鼓励我还可以写点随笔，我很惭愧，不知从何处入手。好在自己也到了退食的年纪了，经历的人和事还是有的。所以就尝试着在手机上码些文字出来。写童年的乐趣，写故乡的记忆，当然也写人生的感悟。不觉也码出六十余篇了。志军说："写得好！"我窃喜，但也惶恐。自己没有一点写作的技巧，只是把自己的所见所闻，力求平实地讲述出来罢了。有人喜欢，估计也都是些和我年纪相仿的、有相同生活经历的人吧。

关于写诗，我是下过一定功夫的。

自2006年在中国艺术研究院初次聆听王澄老师开坛讲课以来，我便深深爱上了诗词。我喜欢王勃"驱烟寻涧户，卷雾出山楹"的超脱，喜欢王维"倚杖柴门外，临风听暮蝉"的空灵，当然也喜欢苏东坡"明月几时有，把酒问青天"的豁达。从古体到今体，从唐诗到宋词，我无不细细研读，从禅庭到村陌，从春山到秋水，也无不慢慢品味。一路走一路唱着，终也有了自己的面貌了。那就是把每一次的旅行都当成情绪诗化的契机，把生命中微小的感动都记录下来。好比是画家写生，其中对自然的尊重、取舍，对意境的营造、升华，从精神层面上来讲，都是一致的。贠劲松说我是“边走边唱的行者”，守营兄说我“出门有诗，回家有酒”，我也深以为然。

我不会用电脑，属于笨且固执的人。每每有了写作的冲动，还需要纸笔的相助，然后再码在手机上。费事是费事了点，但码字的过程也是修改的过程，我也觉得挺好。

今次的结集，一为阶段性的小结，二也为给我行将耳顺的人生一个交代。在此，我感谢王澄老师的鞭策，感谢志军的鼓励，感谢我爱人的支持，感谢汪洋、可利，也感谢伴我成长的童年玩伴：进乐哥，育欢哥，土正，高晓，向争等。

壬寅岁末